**Heimann
Stiftung**
FÜR
VÖLKER-
VERSTÄNDIGUNG

AF288513

Literatur DUO letterario
2022

zweisprachige Anthologie
mit Kurzgeschichten in Deutsch und Italienisch

antologia bilingue
con racconti in tedesco ed italiano

Herausgeber
Heimann Stiftung für Völkerverständigung

Weitere Informationen
zum «Literatur **DUO** letterario»
auf der Webseite
www.heimann-stiftung.de

Bibliografische Information der Deutschen Nationalbibliothek:
Die Deutsche Nationalbibliothek verzeichnet diese Publikation in der
Deutschen Nationalbibliografie; detaillierte bibliografische Daten sind
im Internet über http://dnb.dnb.de abrufbar.

Herstellung und Verlag: BoD – Books on Demand, Norderstedt

ISBN: **9783756835225**

VORWORT
LITERATUR-DUO

Im Literatur-DUO haben deutsche und italienische Schülerinnen und Schüler eine Kurzgeschichte in ihrer Landessprache geschrieben. In einem deutsch/italienischen DUO haben sie dann die Kurzgeschichte des fremdsprachigen Partners in die eigene Landessprache übersetzt.

Das Ziel der Stiftung ist es, mit dem Literatur-DUO den intellektuellen und interkulturellen Austausch zwischen deutschen und italienischen Jugendlichen zu fördern und so zur deutsch-italienischen Völkerverständigung beizutragen.

Der Sammelband ist das Ergebnis eines gemeinsamen Projektes der *Heimann-Stiftung*, der Organisation *Büro VIAVAI Deutsch-Italienischer Jugendaustausch* und der Buchhandlung *Eulenspiegel* in Wiesloch.

PREFAZIONE
DUO-LETTERARIO

Nel DUO-letterario, alunne / alunni tedeschi ed italiani hanno scritto un breve racconto nella propria lingua nazionale. Nell'ambito di un DUO tedesco/italiano, hanno poi tradotto il racconto del partner di lingua straniera nella propria lingua nazionale.

L'obbiettivo della Fondazione, attraverso i DUO-Letterari, è quello di promuovere lo scambio intellettuale e interculturale tra i giovani in Italia e in Germania contribuendo all'amicizia tra i due popoli.

L'antologia è il risultato di un progetto congiunto della *Fondazione Heimann*, dell'organizzazione *UFFICIO VIAVAI Scambio Giovanili Italo-Tedeschi* e della libreria *Eulenspiegel* di Wiesloch.

Inhaltsverzeichnis

SAMUEL
FELICITY SPENCER

Die unfassbare, unglaublich große Wut schoss im Bruchteil einer Sekunde durch seinen ganzen Körper, unkontrollierbar, unaufhaltsam. Es passierte plötzlich, so wie immer. Im einen Moment war alles in Ordnung und im nächsten sah er die Welt nur noch wie durch einen Schleier, einen Schleier aus Wut, der sich über alles legte und jedes andere Gefühl in seinem Körper auslöschte. Alles, was er in diesem Moment wollte, war es, zu schlagen, egal was, egal wen, einfach nur all diese schmerzhafte Energie wieder loszulassen, bevor sie ihn vollkommen einnehmen würde. Aber es ging nicht, er konnte nicht, alles würde nur noch schlimmer werden. Er spürte die Enttäuschung, die neben seiner Wut im Raum stand, es war nicht seine eigene, doch trotzdem war sie der Auslöser für diesen Schwall von Gefühlen, den er selber nicht kontrollieren konnte. Unten, im Wohnzimmer seines Hauses, im Angesicht seiner Eltern, wurde ihm bewusst, dass nichts, was er machte, je genug sein würde. Er konnte sich noch so sehr anstrengen, die Erwartungen dieser Menschen, die er um mehr als alles in der Welt beeindrucken wollte, waren höher. Immer gab es jemand besseren, der mehr erreicht hatte, oder schneller war, oder dieses eine kleine Detail, das ihm so unwichtig erschienen war, miteinbezogen hatte. Es war eigentlich egal, was er tat. Und obwohl ihm das bewusst war, versuchte er es doch immer und immer wieder, mit der Hoffnung, dass dieses eine Mal alles anders sein würde. Und jedes Mal endete es auf die gleiche Art und Weise. Es musste noch nicht einmal viel gesagt werden, es war einfach klar, man konnte es sehen, an den Blicken seiner Eltern, ihrem Auftreten, die Art wie sie ihr Glas wieder auf dem Tisch abstellten. Dieses Verhalten führte bei ihm immer zu Wut. Er war wütend auf sich selbst, darauf, dass er es nicht besser gemacht hatte und damit seinen Eltern einen Grund gegeben hätte, stolz auf ihn zu sein. Aber er konnte seine Gefühle nicht ausdrücken, dass würden seine Eltern nicht gutheißen. Es würde bedeuten, dass er schwach wäre und Schwäche wurde bei ihm nicht gerne gesehen. Es wurde kein Wort gesprochen, die Nachricht war angekommen. Er verließ das Haus, um der bedrückenden Enge dort zu entkommen. Draußen war es kühl und mit der Temperatur, schien sich auch sein Gemüt abzukühlen. Er konnte wieder frei atmen und er war den Blicken entkommen, die ihn zuhause bei jedem seiner Schritte beobachtet und verurteilt hätten. Er versuchte, den Gedanken an sein Versagen einfach beiseitezuschieben. Zu ignorieren, wie es ihm ging. ER konzentrierte sich auf seine Umgebung. Die asphaltierten Straßen der Stadt hatten sich immer mehr verändert, sie wurden schmaler und gingen schließlich nahtlos in Waldboden über. Um ihn herum waren nur Bäume und ein paar Büsche. Blumen wuchsen nicht zu dieser Jahreszeit, alles war grün und braun. Die Luft war klar und roch nach Natur. Es gab nur wenige Geräusche, denn die meisten Vögel waren gen Süden gezogen und die Geräusche der Stadt hatte er weit hinter sich gelassen. Er wurde immer ruhiger und vergaß mehr und mehr, was soeben passiert war. Stattdessen stellte sich ein Gefühl der Freiheit in ihm ein. Als könnte er einfach weitergehen und überall da hinkommen, wo er gerne wäre. Weg von Druck und Problemen und negativen Gefühlen. Frei wie ein Vogel, ohne Sorgen, die ihn bedrückten und ohne einen Weg, der ihm von anderen vorgegeben wurde. So müsste er nie wieder dieses furchtbare wütende Gefühl verspüren, dass sich durch seinen Körper ausbreitete und seinen Verstand einzunehmen drohte. Eine Weile wanderte sein Geist einfach nur vor sich hin, er stellte sich all die wunderbaren Möglichkeiten vor, die er hätte, wäre er tatsächlich so frei wie ein Vogel. Doch langsam und unaufhaltsam rollte die Realität auf ihn zu. Seine Vernunft meldete sich zu Wort und zählte alle Nachteile eines solchen Lebens auf und warum es gar nicht umsetzbar sei. Immer resignierter lief er weiter, bis er zu einer Stelle kam, die ihm bekannt vorkam. Es war einfach nur ein Baumstumpf. Obwohl er es aus seiner Position nicht sehen konnte, wusste er, dass auf der Rückseite des Baums einige Buchstaben in die Rinde geritzt waren. Er wusste auch, woher diese Buchstaben kamen. Es waren seine Initialen und die seiner Eltern, die sie früher, als er noch ein kleines Kind war, mit einem Taschenmesser dort platziert hatten. Damals war der Baum noch nicht gefällt, er war hochgewachsen und schön anzusehen. Seine frischen grünen Blätter hatten den Boden bedeckt, auf dem sein Vater gekniet hatte, mit dem Messer in der Hand. Er spürte Sehnsucht, als er daran dachte, wie glücklich sie damals gewesen waren. Die Beweise davon hingen immer noch in ihrem Flur, in Form von schon leicht verblassten Fotografien. Damals hatten sie immer viel Spaß gehabt und zusammen gelacht. Jetzt war davon kaum etwas übrig. An manchen Tagen kam zwar noch eine ähnliche Stimmung auf, besonders an Feiertagen, wenn die ganze Familie zusammenkam, doch der Alltag war kalt und gefühllos. Und langsam, zuerst fast unmerkbar, wandelte sich die Sehnsucht, sie wurde zu einem Gefühl, dass ihm nur allzu bekannt war. Die Wut kam zurück und sie war dieses Mal sogar noch ein wenig stärker als zuvor. Er fragte sich, ob noch alles wie früher wäre, wenn er ein besserer Sohn gewesen wäre. Ob deine Eltern dann immer noch dieses Lächeln in den Augen hätten, wenn sie ihn anschauten. Vielleicht musste er sich einfach mehr anstrengen, noch mehr sein Bestes geben. Und doch wusste er, dass all seine Bemühungen nichts ändern würden, sie würden immer etwas finden, dass er falsch machte. Sein Inneres schien zu kochen und es ergriff endgültig Besitz von ihm. Seine Faust krachte gegen den Baumstamm, er holte wieder aus, schlug noch einmal zu, immer und immer wieder. Er trat und schlug und einmal schrie er laut auf, aber er nahm es kaum wahr. Er spürte nicht den Schmerz, der durch seinen Körper fuhr, wenn er an die harte Rinde des Baumes schlug, er spürte nichts außer seiner Wut. Er konnte nicht steuern, was er tat, er sah nicht, was er tat, sein eigentliches Ich war vollkommen in den Hintergrund gerückt, zur Seite gedrängt von der allumfassenden Wut. Wie lange er auf die Bäume um ihn herum einschlug, konnte er hinterher nicht sagen. Er erinnerte sich nur dunkel an alles, was vorgefallen war, er wusste nur noch, wie er sich dabei gefühlt hatte. Er war vollkommen außer Atem, seine Knöchel waren blutig, doch das bemerkte er nicht. Er hatte seine gesamte Energie freigesetzt und trotzdem ging es ihm dadurch nicht besser. Im Gegenteil, es kamen nur immer mehr die Gefühle hervor, die hinter seiner Wut versteckt gewesen waren. Während diese abebbte, kroch langsam der Schmerz hervor, ein so tiefer Schmerz, dass er es fast nicht aushalten konnte. Er sank zu Boden und blieb, an einen Baum gelehnt sitzen. Krampfhaft versuchte er, seine Gefühle niederzukämpfen, sie unten zu halten, da wo sie hingehörten. Wo niemand sie sehen konnte, nicht einmal er selbst. Aber es war zu viel, die Gefühle der vorangegangenen Wochen, Monate, vielleicht sogar Jahre hatten sich in ihm angestaut. Er hatte sie nie herauslassen können, weil er sich dafür geschämt hatte, so schwach zu sein. Und jetzt konnte er sie nicht länger zurückhalten. Draußen im Wald, wo niemand ihn beobachten konnte, wo niemand ihn daran hindern konnte, seinen Gefühlen freien Lauf zu lassen, ließ er alles heraus, was es in seinem Inneren gab, all die sorgfältig versteckten und zurückgedrängten Gefühle, ausgelöst von einer Umgebung, die in ihm nicht das sah, was er war, sondern nur das, was er erreichte. Sein Schluchzen wurde von niemandem gehört und er nahm sich fest vor, dass niemand es je hören würde. Er blieb an den Baum gelehnt sitzen, bis seine Finger und sein Gesicht taub waren vor Kälte und nichts mehr von seinen Gefühlen übrig war. Erst jetzt wurde ihm wieder vage bewusst, wo er sich befand und was geschehen war. Eine Weile blieb er noch sitzen und versuchte zu begreifen, was geschehen war. Es ging ihm nicht gut, obwohl es eine Erleichterung war, nicht mehr diesen Druck in der Brust zu spüren. Seine Probleme waren nicht gelöst und er wusste, dass er sich nicht würde lösen können. Dafür müsste er seine Gefühle auch anderen Menschen gegenüber preisgeben und das war ihm nicht möglich. Es ging einfach nicht. Ihm war klar, dass es nicht besser werden würde und er diese Wut wohl noch öfter verspüren würde. Das machte ihn nicht wütend und auch nicht traurig. Er verspürte gar nichts, so als hätte er all seine Gefühle dem Wald übergeben. In Wahrheit hatte er sie nur wieder an den Ort gesteckt, an dem sie vor jedem unsichtbar waren und ihm nicht in die Quere kommen würden. Und da würden sie fürs Erste bleiben, vielleicht würden sie erst dann wieder zum Vorschein kommen, wenn er das nächste Mal ausrasten würde. Er blieb sitzen, bis sich die Dunkelheit abzuzeichnen begann. Dann erhob er sich und machte sich auf den Weg zurück, nach Hause, zu seinen Eltern. Dieses Mal achtete er nicht auf seine Umgebung und er fühlte sich nicht mehr frei und glücklich. Während er lief, richtete er sich wieder her, er strich seine Kleidung glatt und achtete darauf, dass man seine verletzte Hand nicht sehen konnte. Je näher er seinem Zuhause kam, desto mehr wurde er wieder zu dem Jungen, der er sonst immer war. Ohne eine Gefühlsregung, ein Junge, der niemals auf einen Baum einschlagen würde, oder durch den Wald schreien, oder weinen. Niemand beachtete ihn, als er eintrat, seine Eltern fragten ihn nicht, wo er war, oder was er gemacht hatte. Es wurde wieder kein Wort gesprochen, schweigend durchquerte er das Wohnzimmer und begab sich in den ersten Stock, wo sein Zimmer lag. Er schaltete das Licht ein und setzte sich auf das Bett. Er griff nach der Fernbedienung und schaltete seinen Fernseher an, ließ sich von den Bildern einwickeln und von einer Welt überzeugen, in der alles immer gut ausging. Und was am Tag passiert war, das vergaß er.

SAMUEL

FELICITY SPENCER

Traduzione di Mario Bona

La rabbia, incredibile, estremamente intensa, si diffuse in tutto il suo corpo in una frazione di secondo, incontrollabile, irresistibile. Accadde all'improvviso, come sempre. Un momento prima era tutto in ordine e subito dopo vedeva il mondo intero come attraverso un velo, un velo di rabbia, che si poneva sopra a tutto ed estingueva tutti gli altri sentimenti del suo corpo. Tutto ciò che desiderava in quel momento, era colpire, non gli importava cosa, non gli importava chi, semplicemente colpire, per lasciar andare tutta quell'energia dolorosa, prima che quella lo inghiottisse completamente. Ma non funzionava, non poteva, tutto sarebbe solo peggiorato. Accanto alla sua rabbia, nella stanza, sentiva la delusione. Non era la sua, ma era comunque l'innesco di quella scarica di emozioni che non riusciva a controllare da solo. Di sotto, nel soggiorno di casa sua, faccia a faccia con i suoi genitori, si rendeva conto che nulla di quello che avrebbe fatto sarebbe mai bastato. Non importava quanto ci provasse, le aspettative di quelle persone, che voleva impressionare più di ogni altra cosa al mondo, erano più alte. C'era sempre qualcuno migliore, che aveva ottenuto di più, o che era più veloce, o che aveva considerato quel piccolo dettaglio, per lui irrilevante. Non importava davvero ciò che faceva. Sebbene lo sapesse, ci provava e riprovava, con la speranza che questa volta tutto sarebbe stato diverso. E ogni volta finiva nello stesso modo. Non c'era nemmeno bisogno di dire molto, lo si vedeva, dagli sguardi dei suoi genitori, dal loro comportamento, dal modo con cui posavano di nuovo il bicchiere sul tavolo. Questi comportamenti lo portavano sempre alla rabbia. Era arrabbiato con sé stesso, per non aver fatto di più per dare ai suoi genitori qualcosa di cui essere orgogliosi. Ma non poteva esprimere i suoi sentimenti, i suoi genitori non lo avrebbero approvato. Avrebbe significato che era debole, e non voleva più sentirsi debole. Non fu pronunciata una parola, il messaggio era arrivato. Lasciò la casa, per sfuggire da quell'opprimente ristrettezza. Fuori era freddo e, con la temperatura, anche la sua mente sembrava raffreddarsi. Poteva respirare di nuovo liberamente ed era fuggito dagli sguardi, che avevano guardato e condannato ogni suo passo nella casa. Provava a mettere semplicemente da parte il pensiero del suo fallimento, per dimenticare come stava. Si concentrò su ciò che lo circondava. Le strade asfaltate di città cambiavano continuamente, diventavano più strette e alla fine, senza soluzione di continuità, divennero sottobosco. Intorno a lui c'erano solo alberi e qualche cespuglio. I fiori non crescevano in quel periodo dell'anno, tutto era verde e marrone. L'aria era limpida e odorava di natura. C'erano solo pochi suoni, perché la gran parte degli uccelli era migrata al sud e i rumori della città se li era lasciati lontani, dietro le spalle. Diventò sempre più calmo e dimenticò sempre di più ciò che era appena accaduto. Nacque invece in lui un sentimento di libertà. Come se potesse semplicemente continuare a camminare e andare ovunque volesse essere: lontano dalla pressione, dai problemi e dai sentimenti negativi; libero come un gabbiano, senza preoccupazioni che lo opprimessero e senza una strada che gli fosse imposta da altri. Quindi non avrebbe dovuto provare mai più quella terribile sensazione di rabbia che si diffondeva nel suo corpo e minacciava di inghiottire la sua mente. Per un po' la sua mente vagò semplicemente. Pensava che tutte le fantastiche possibilità che aveva, lo rendessero libero come un gabbiano. Ma, lentamente e inesorabilmente, la realtà ricadde su di lui. La sua ragione considerò e contò tutti gli svantaggi di una tale vita e perché questa non fosse assolutamente possibile. Sempre più rassegnato, continuò a correre, finché non arrivò a un punto che gli sembrava familiare. Era solo un semplice tronco d'albero. Anche se dalla sua posizione non le poteva vedere, sapeva che sul retro dell'albero erano incise delle lettere nella corteccia. Sapeva anche da dove venivano quelle lettere. Erano le iniziali sue e dei suoi genitori. Le avevano incise là, con un coltello tascabile, quando ancora era un bambino. Allora l'albero non era ancora caduto, era alto e bello a vedersi. Le sue fresche foglie verdi coprivano il terreno, dove suo padre si era inginocchiato con il coltello nella mano. Sentiva nostalgia, pensando quanto allora fossero felici. Le prove di questa felicità erano ancora appese nel loro corridoio, sotto forma di fotografie, già leggermente sbiadite. Allora si divertivano e ridevano sempre assieme. Ora di ciò era rimasto poco. In alcuni giorni compariva ancora un umore simile, magari nei giorni di vacanza, quando l'intera famiglia si ritrovava. La vita di tutti i giorni, invece, passava fredda e insensibile. Lentamente, all'inizio quasi senza sentirlo, la nostalgia mutò, divenne una sensazione che gli era fin troppo familiare. La rabbia ritornò e questa volta era ancora un po' più forte di prima. Si chiese se tutto sarebbe stato lo stesso, se fosse stato un figlio migliore. Si chiese se i suoi genitori avrebbero avuto ancora quel sorriso negli occhi, quando lo guardavano. Forse doveva semplicemente sforzarsi di più, dare il suo meglio. Eppure sapeva che tutti i suoi sforzi non avrebbero cambiato nulla, avrebbero sempre trovato qualcosa che stava sbagliando. Le sue viscere sembravano ribollire e alla fine la rabbia si impossessò di lui. Il suo pugno colpì il tronco d'albero, si ritrasse, colpì ancora una volta, ancora e ancora. Tirò calci e pugni e una volta gridò ad alta voce, ma non se ne accorse nemmeno. Non sentiva il dolore che percorreva il suo corpo, quando colpiva la dura corteccia dell'albero. Non sentiva nulla al di fuori della sua rabbia. Non poteva controllare ciò che stava facendo; non poteva vedere ciò che stava facendo. Il suo vero io era passato completamente in secondo piano, nascosto dalla rabbia totalizzante. In seguito non avrebbe saputo dire quanto a lungo avesse colpito gli alberi attorno a sé. Ricordava solo una sensazione di buio su tutto ciò che era successo, sapeva solo come si era sentito. Era completamente senza fiato, le sue nocche erano sanguinanti, ma non se ne era accorto. Aveva rilasciato tutta la sua energia e, nonostante ciò, non si sentiva meglio. Al contrario, i sentimenti che prima erano rimasti nascosti dietro la sua rabbia, uscivano sempre più allo scoperto. Mentre la rabbia svaniva, il dolore si insinuò lentamente, una sofferenza così profonda, che quasi non poteva sopportare. Cadde a terra e rimase seduto, appoggiato ad un albero. Provò disperatamente a combattere i suoi sentimenti, per mantenerli al loro posto. Lì dove nessuno poteva vederli, nemmeno lui stesso. Ma era troppo, i sentimenti delle precedenti settimane, mesi, forse anche anni, si erano accumulati in lui. Non aveva mai potuto farli uscire, perché si vergognava di essere così debole. E ora non poteva trattenerli più a lungo. All'aperto, nel bosco, dove nessuno poteva vederlo, dove nessuno poteva impedirgli di lasciar correre liberi i suoi sentimenti, fece uscire tutto ciò che era dentro di lui. Si liberò di tutti i sentimenti accuratamente nascosti e repressi, innescati da un ambiente che non lo vedeva per ciò che era, ma solo per ciò che aveva raggiunto. I suoi singhiozzi non furono ascoltati da nessuno e decise che nessuno ne avrebbe mai sentito parlare. Rimase seduto, appoggiato all'albero, finché le sue dita e il suo viso non furono insensibili per il freddo e non rimase più nulla dei suoi sentimenti. Solo in quel momento divenne vagamente consapevole di dove si trovava e di cosa era accaduto. Rimase seduto ancora un po' e cercò di capire cosa era successo. Non si sentiva bene, anche se era un sollievo non sentirsi più quella pressione nel petto. I suoi problemi non erano risolti e lui sapeva che non sarebbe stato in grado di risolverli. Per questo avrebbe dovuto rivelare i suoi sentimenti ad altre persone e ciò non gli era possibile. Semplicemente non funzionava. Gli era chiaro che le cose non sarebbero migliorate e che avrebbe provato questa rabbia ancora più spesso. Ciò non lo rendeva arrabbiato e nemmeno triste. Non provava assolutamente nulla, come se avesse ceduto tutti i suoi sentimenti al bosco. In verità li aveva rimessi nel luogo dove erano invisibili a tutti e dove non avrebbero potuto intralciargli la strada. Per ora stavano lì. Forse non si sarebbero più fatti vedere, fino alla prossima volta che fosse andato fuori di testa. Rimase lì seduto, fino a quando non cominciò a calare l'oscurità. Poi si rialzò e tornò indietro, a casa, dai suoi genitori. Questa volta non prestava più attenzione a ciò che lo circondava e non si sentiva né libero, né felice. Mentre correva, si rassettò, pulendosi i vestiti e facendo in modo che non si potesse vedere la sua mano ferita. Più si avvicinava a casa, più tornava ad essere il ragazzo che era sempre stato. Senza un'emozione, un ragazzo che non avrebbe mai colpito un albero, o urlato attraverso il bosco, o pianto. Nessuno si accorse di lui quando entrò. I suoi genitori non gli chiesero dove era stato, né cosa aveva fatto. Anche in questo caso non fu detta una parola. Attraversò in silenzio il soggiorno e salì al primo piano, dove c'era la sua camera. Accese la luce e si sedette sul letto. Prese il telecomando e accese la televisione, si lasciò trasportare dalle immagini e convincere da un mondo in cui tutto è sempre andato bene e, ciò che accadde quel giorno, se lo dimenticò.

IL CAMPANELLO
MARIO BONA

Il racconto che stai per leggere è nato senza una collocazione precisa nello spazio e nel tempo. In fin dei conti, però, ho creduto potesse essere utile conoscere gli eventi che lo ispirarono e quindi ho aggiunto questa breve introduzione. Dopo la seconda guerra mondiale, furono molti gli Italiani, che emigrarono in Belgio, per lavorare nelle miniere di carbone. Molti vi stettero per brevi periodi, per guadagnare qualche soldo da mandare a mogli e figli lontani. Alcuni si crearono una famiglia all'estero e ogni giorno alla sera tornavano alla loro casa. Altri ancora, invece, non tornarono più dalla loro famiglia, rimasti vittime di questo duro lavoro. Il racconto che stai per leggere è ispirato e dedicato a tutti loro.

*

Il campanello suonò «din-don». Era tornato a casa. Maria corse alla porta, aprì. Un sorriso accogliente riempiva il suo volto ancora infantile. Il giovane marito ricambiò il sorriso, con un bacio affettuoso ed appassionato. Si tolse il pesante pastrano. Lei lo prese, lo piegò e lo appese su di un appendiabiti, accostato alla parete sinistra dell'angusto corridoio. Lui si tolse le scarpe, sporche. Le sbatté fuori dalla porta, ma guardò ben di lasciare su di esse un po' di polvere, a mo' di ricordo della giornata. Insieme alla giovane ragazza percorse lo stretto corridoio, arrivò nella cucina, che era anche il salotto e la sala da pranzo. Si lavò nel catino di fronte al camino. Si sedette a tavola, sulla vecchia panca massiccia, vicino al focolare. Lei servì la cena: polenta e formaggio. Erano felici, quasi entusiasti. Lui iniziò a raccontare della sua prima giornata in miniera.

Parlò di gallerie e pozzi, ascensori e pilastri, esplosioni e scavi, badili e lampade. Sembrava non volersi più fermare, andava sempre più a fondo, con gallerie di base e di avanzamento, pozzi di aerazione, gallerie di livello,... Era molto entusiasta del suo nuovo lavoro. In realtà si era già reso conto che c'erano anche molte difficoltà. Raccontò, per esempio, della fatica provata, della difficoltà nel lavorare per ore mezzo accucciato, della polvere che continuava a respirare e di molti altri problemi. Per il momento, però, li accettava volentieri, perché era sull'onda dell'entusiasmo provocato dalla novità. A un certo punto, dopo questo lungo e appassionato monologo, si fermò con uno sbadiglio. Maria non capì se l'interruzione era dovuta a un esaurimento degli argomenti di discussione, piuttosto che al semplice bisogno di sbadigliare. In qualunque caso approfittò dell'interruzione, per raccontare un po' della sua giornata. Raccontò della Pina, che aveva incontrato alla fontana. Poi disse al marito, che era venuto il medico e che la gravidanza procedeva senza problemi. Erano entrambi stanchi e, dopo un'altra breve chiacchierata, andarono a dormire.

Il campanello suonò «din-don». Era tornato a casa. Maria andò alla porta, aprì. Sorrideva. Il giovane marito ricambiò il sorriso, con un dolce bacio. Baciò anche in fronte la piccola creatura che la moglie teneva in braccio, che si mise a piangere, forse per il freddo e l'umidità delle labbra del padre. Si tolse il pesante pastrano. Glielo passò; lei lo piegò e lo appese sull'appendiabiti, accostato alla parete sinistra dell'angusto corridoio. Si tolse le scarpe, sporche. Le sbatté fuori dalla porta. Percorrendo lo stretto corridoio, arrivò nella cucina, che era anche il salotto e la sala da pranzo. Si lavò nel catino di fronte al camino. Si sedette a tavola, sulla vecchia panca di legno, vicino al focolare. Lei servì la cena: polenta con qualche pezzetto di formaggio. Erano soddisfatti. Lui iniziò a raccontare della sua giornata in miniera.

Parlò dei suoi compagni minatori, tutti giovani come lui. Mentre lavoravano non parlavano molto. Quando si fa fatica non si parla mai. Disse che il momento migliore era il pranzo che, seppur scarno, dava loro la possibilità, non solo di respirare, ma anche di chiacchierare e ridere tutti assieme. Riportò alcune voci che aveva sentito in quelle chiacchierate. Raccontò di un tizio che stava compattando con un ferro di pigiatura della polvere da sparo, quando questa esplose e il ferro, schizzato in aria, trapassò il cranio dello sventurato. Questi, e qui sta la parte curiosa, sopravvisse. Poi raccontò di altri incidenti, ancora più eclatanti, precisando sempre, che comunque erano solo voci. La giovane moglie rimase piuttosto turbata da questi racconti, ma lui la rassicurò spiegandole che erano incidenti rari, e che negli ultimi anni si erano fatti numerosi cambiamenti nel metodo di lavoro, per garantire una maggiore sicurezza. Quest'ultima era una frase pronunciata di frequente dal direttore, che ormai era entrata nella testa del giovane. Lui, in realtà, non ci credeva affatto, ma doveva rassicurare la moglie e continuare a lavorare, perché aveva bisogno dei soldi necessari a sostenere una famiglia che, con un altro figlio in arrivo, si prospettava diventare sempre più numerosa.

Il campanello suonò «din-don». Era tornato a casa. Maria andò alla porta, con la calma di chi ripete un'azione tutti i giorni. Aprì. Lei non sorrideva, lui nemmeno, sarebbe stato un sorriso scontato, falso. La baciò, ma non era un bacio appassionato, era privo di significato, poco spontaneo, insensatamente ripetuto per troppe e troppe volte. Si tolse il pesante pastrano e lo gettò sull'appendiabiti. Percorse lo stretto corridoio, lasciando una lunga scia di impronte con le sue scarpe sporche. Arrivò nella cucina, che era anche il salotto e la sala da pranzo. Qui salutò i figli, che stavano giocando attorno al tavolo. Si lavò alla bell'è meglio nel catino di fronte al camino. Si sedette a tavola, sulla vecchia panca di legno, vicino al focolare. Lei servì la cena: polenta. Lui non raccontò nulla, lei sapeva già cosa avrebbe detto, aveva sentito la stessa storia molte, molte volte.

I bambini litigavano chiassosamente, mentre mangiavano. La mamma dovette urlare, per farli stare al posto. Lui era silenzioso, perso nei suoi pensieri. Osservava quei suoi figli, che aveva visto nascere, e che vedeva crescere di giorno in giorno. Gli piaceva notare tutti i mutamenti, nel mondo che lo circondava, e in quei bambini ce ne erano molti. Si augurava che almeno loro potessero vivere perennemente in quel mutamento, potessero godersi il senso del tempo, che si apprezza solo nei cambiamenti, anche da adulti. Insomma, sperava che non finissero a vivere come lui, in una perpetua routine, che ormai non subiva più alcun mutamento, non aveva più alcun sapore, alcun colore, era un' eterna galleria buia. Non c'erano più nemmeno pozzi di aerazione, nella sua vita. L'unica luce che poteva aspettarsi, sarebbe potuta essere quella di un'esplosione.

Il campanello suonò «din-don». Era tornato a casa. Maria andò alla porta, con la calma di chi ripete un'azione tutti i giorni. Aprì. Non era lui. Lei non sorrideva, e non sorridevano nemmeno le due imponenti figure vestite di nero che le si presentavano di fronte, con il loro fare autoritario. Li invitò cortesemente a farsi avanti. Fece togliere loro i pesanti pastrani che indossavano e li appese all'appendiabiti dell'atrio. Percorse lo stretto corridoio, seguita dai due signori. Arrivarono nella cucina, che era anche il salotto e la sala da pranzo. Lei li fece sedere a tavola, sulla vecchia panca massiccia, vicino al focolare. Attendeva, e i due sapevano farsi attendere. Servì loro un caffè. Iniziarono a raccontare di suo marito e della sua ultima giornata in miniera.

DIE KLINGEL
MARIO BONA
Aus dem Italienischen von Felicity Spencer

Die Geschichte, die du gleich lesen wirst, spielt an keinem bestimmten Ort und zu keiner bestimmten Zeit. Trotzdem dachte ich, es könnte nützlich sein, die Ereignisse zu kennen, die diese Geschichte inspiriert haben. Deshalb habe ich eine kurze Einleitung angefügt. Nach dem Zweiten Weltkrieg gab es viele Italiener, die nach Belgien ausgewandert sind, um in den Kohleminen zu arbeiten. Viele blieben für eine kurze Zeit dort, um etwas Geld zu verdienen, das sie an die Frauen und Kinder in der Ferne schickten. Manche gründeten im Ausland eine Familie und kehrten jeden Abend zu dieser zurück. Wieder andere kamen gar nicht wieder, denn sie wurden Opfer der harten Arbeit. Die Geschichte, die du gleich lesen wirst, ist von all jenen inspiriert und ihnen gewidmet.

Die Klingel läutete «ding-dong». Er war nach Hause zurückgekehrt. Maria rannte zur Tür und öffnete. Ein einladendes Lächeln erfüllte ihr noch kindliches Gesicht. Der junge Ehemann erwiderte dieses mit einem liebevollen und leidenschaftlichen Kuss. Er zog sich seinen dicken Mantel aus. Sie nahm ihn, faltete ihn und hängte ihn an einen Kleiderhaken an der linken Wand des engen Flurs. Er zog seine schmutzigen Schuhe aus. Er klopfte sie vor der Tür aus, achtete darauf, etwas Staub auf ihnen zu lassen, als Erinnerung an den Tag. Zusammen mit dem jungen Mädchen durchquerte er den schmalen Flur, er erreichte die Küche, die zugleich das Wohn- und Esszimmer war. Er wusch sich an der Schüssel vor dem Kamin. Er setzte sich an den Tisch auf die alte, harte Sitzbank neben dem Herd. Sie servierte das Abendessen: Polenta und Käse. Sie waren glücklich, fast enthusiastisch. Er fing an, von seinem ersten Tag in der Mine zu erzählen.
Er sprach von Stollen und Schächten, Aufzügen und Säulen, Explosionen und Gruben, Schaufeln und Leuchten. Es schien, als würde es nicht mehr aufhören, es ging immer tiefer, mit fortschreitenden Schächten, Lüftungen, hohen Gruben… Er war enthusiastisch wegen

seiner neuen Arbeit. In Wirklichkeit war ihm schon bewusst, dass es viele Schwierigkeiten gab. Er erzählte zum Beispiel von der erschöpfenden Arbeit, der Schwierigkeit, acht Stunden am Stück zu schuften, dem Staub, den man kontinuierlich einatmete und von vielen anderen Problemen. Für den Moment akzeptierte er das jedoch gerne, denn er war auf einer Welle des Enthusiasmus, ausgelöst durch die Neuheit. An einem gewissen Punkt nach diesem langen und leidenschaftlichen Monolog unterbrach er sich mit einem Gähnen. Maria wusste nicht, ob diese Unterbrechung wegen fehlenden Gesprächsstoffes ausgelöst wurde oder einfach nur deshalb, weil er gähnen musste. Auf eine Art profitierte sie von der Unterbrechung, denn so konnte sie etwas von ihrem Tag erzählen. Sie erzählte von Pina, die sie am Brunnen getroffen hatte. Dann sagte sie ihrem Ehemann, dass der Arzt gekommen war und dass die Schwangerschaft ohne Probleme ablief. Sie waren beide müde und nach einer weiteren kurzen Unterhaltung, gingen sie schlafen.

Die Klingel läutete «ding-dong». Er war nach Hause zurückgekehrt. Maria ging zur Tür und öffnete. Sie lächelte. Der junge Ehemann erwiderte das Lächeln mit einem sanften Kuss. Er küsste auch das kleine Wesen, das die Frau im Arm hielt, auf den Kopf. Es fing an zu weinen, vielleicht wegen der Kälte und der Feuchtigkeit der Lippen des Vaters. Er zog seinen dicken Mantel aus. Er gab ihn ihr; sie nahm ihn und hängte ihn an den Kleiderhaken an der linken Wand des engen Flurs. Er zog seine schmutzigen Schuhe aus. Er klopfte sie vor der Tür aus. Er durchquerte den schmalen Flur, erreichte die Küche, die auch das Wohn- und Esszimmer war. Er wusch sich an der Schüssel vor dem Kamin. Er setzte sich an den Tisch, auf die alte Holzbank neben dem Herd. Sie servierte das Abendessen: Polenta mit einigen Stückchen Käse. Sie waren zufrieden. Er begann, über seinen Tag in der Mine zu erzählen.

Er sprach von seinen Kollegen, alle jung, so wie er. Während sie arbeiteten sprachen sie nicht viel. Wenn man müde ist, redet man nicht viel. Er sagte, dass der beste Zeitpunkt während des Mittagessens war, welches, obwohl es nur schlicht war, ihnen die Möglichkeit gab, nicht nur zu atmen, sondern auch zusammen zu reden und zu lachen. Er erzählte von einigen Dingen, die er während dieser Unterhaltungen gehört hatte. Er redete von jemandem, der gerade Eisen in der Nähe von Schießpulver zusammenschweißte, als dieses explodierte und das Eisen in die Luft schleuderte, sodass es den Schädel des Unglücklichen durchbohrte. Dieser, und das war der sonderbare Teil, überlebte. Dann erzählte er von anderen Vorfällen, noch aufsehenerregender, wobei er immer wieder betonte, dass es nur Geschichten waren. Die junge Ehefrau wurde durch diese Erzählungen vor allem verstört, aber er beruhigte sie, indem er erklärte, solche Vorfälle seien nur ganz selten und in den letzten Jahren wären die Arbeitsmethoden so verändert worden, dass die Sicherheit besser gewährleistet werden konnte. Dieser letzte Satz wurde regelmäßig vom Direktor genutzt und blieb so im Kopf des jungen Mannes. Er glaubte eigentlich nicht daran, aber er musste seine Frau beruhigen und weiterhin arbeiten, denn sie brauchten Geld, um die Familie zu stützen, die mit der baldigen Ankunft eines weiteren Sohnes immer zahlreicher zu werden versprach.

Die Klingel läutete «ding-dong». Er war nach Hause zurückgekehrt. Maria ging zur Tür, mit der Ruhe von jemandem, der jeden Tag das Gleiche machte. Sie öffnete. Sie lächelte nicht, er auch nicht, es wären ein selbstverständliches, ein falsches Lächeln gewesen. Er küsste sie, aber es war kein leidenschaftlicher Kuss, er war nicht bedeutsam, wenig spontan, ohne Gefühle und viel zu oft wiederholt. Er zog seinen Mantel aus und warf ihn über den Kleiderhaken. Er durchquerte den schmalen Flur, wobei er eine lange Spur von Abdrücken mit seinen schmutzigen Schuhen hinterließ. Er erreichte die Küche, die auch das Wohn- und Esszimmer war. Dort begrüßte er die Kinder, die gerade unter dem Tisch spielten. Er wusch sich an der Schüssel vor dem Kamin. Er setzte sich an den Tisch auf die alte Holzbank neben dem Herd. Sie servierte das Abendessen: Polenta. Er erzählte nichts, sie wusste schon, was er gemacht hatte, sie hatte dieselbe Geschichte wieder und wieder gehört.

Die Kinder stritten laut während des Essens. Die Mutter musste schreien, um sie am Platz zu halten. Er war still, in seinen Gedanken verloren. Er beobachtete seine Kinder, deren Geburt er gesehen hatte und die er Tag für Tag aufwachsen sah. Es gefiel ihm, all die Veränderungen in der Welt, die ihn umgab, wahrzunehmen und in diesen Kindern gab es viele davon. Er hoffte, dass sie nicht so enden würden, wie er selbst, in einer immerwährenden Routine, die nie mehr eine Veränderung erfuhr, die keinen Geschmack mehr hatte, keine Farbe, eine ewig dunkle Galerie. Es gab keinen Lüftungsschacht in seinem Leben. Das einzige Licht, das er erwarten konnte, war das einer Explosion.

Die Klingel läutete «ding-dong». Er war nach Hause zurückgekehrt. Maria ging zur Tür, mit der Ruhe von jemandem, der jeden Tag das Gleiche machte. Sie öffnete. Es war nicht ihr Mann. Sie lächelte nicht und die beiden beeindruckenden Gestalten, die vor der Tür standen und schwarz gekleidet waren, lächelten auch nicht. Sie bat sie höflich herein. Sie ließ sie ihre dicken Mäntel ausziehen, die sie trugen und hängte sie an den Kleiderhaken. Sie durchquerte den schmalen Flur, gefolgt von den zwei Männern. Sie erreichten die Küche, die auch das Wohn- und Esszimmer war. Sie ließ sie sich an den Tisch setzen, auf die alte, harte Sitzbank neben dem Herd. Sie wartete und die beiden ließen sie warten. Sie servierte ihnen einen Kaffee. Sie begannen zu erzählen, von ihrem Ehemann und seinem letzten Tag in der Mine.

SAPHIRBLAUES WUNDER
LARA KELLNER

Ich saß auf einem Felsen und ließ meine Füße in dem glasklaren Wasser baumeln. Es war angenehm kühl, und funkelnde Lichter tanzten fröhlich auf der Wasseroberfläche. Außer dem sanften Rauschen der Wellen, dem Gezeter der Möwen und dem Knistern meiner Pommestüte war nichts zu hören. Nachdenklich schob ich mir eine weitere Pommes in den Mund. Die Tüte Mayonnaise ließ ich weg und ließ sie in meine Jackentasche gleiten.

Meine Gedanken schweiften ab, und ich war in meiner eigenen Welt gefangen.

Ich nahm die aufgehende Sonne über dem Wasser nicht wahr. Ich hörte das Rauschen der Wellen nicht. Ich roch die frische Meeresluft nicht mehr.

Eine frühere Erinnerung klaute mir die Sinne. Ein knorriger uralter Baum auf einem Hügel streckte seine Äste dem Himmel entgegen. Ich berührte die von der Sonne aufgewärmte Rinde und lehnte mich dagegen. Dort war unser Treffpunkt gewesen, jeden Abend. Mazy hatte hier immer ungeduldig gewartet, wenn ich den Kiesweg nach oben ging. Sie hatte braune zerzauste Haare und Sommersprossen, und wenn sie lachte, bildeten sich Lachgrübchen in ihrem hübschen Gesicht. Wir hatten uns auf dem Hügel unter dem Baum kennengelernt. Sie war anders als alle Mädchen, die ich kannte. Sie sah sämtliche Dinge mit anderen Augen; Mazy war so unglaublich neugierig.

Es mag verrückt klingen, wenn ich sage, dass ich nicht wusste, wo sie wohnte oder ob sie Geschwister hatte. Sie hatte niemals etwas über sich selbst erzählt. Wenn ich solche Fragen stellte, schwieg sie.

Doch an einem Abend im August war Mazy gesprächiger als sonst gewesen und hatte zu mir gesagt: «Ich gehöre eigentlich nicht hier her. Dort, wo ich herkomme, gibt es keine Häuser, keine Autos, kein Plastikzeug und derlei Dinge. Ich kann und darf dir nichts Näheres sagen, du würdest mir sowieso nicht glauben. Bitte frage mich nicht mehr nach meiner Familie oder Ähnlichem, sonst wäre ich gezwungen, dich anzulügen.»

Seitdem hatten wir über andere Dinge gesprochen und waren uns allmählich näher gekommen. Es war, als wäre es gestern gewesen, als sie mich zum ersten Mal im Schatten der knorrigen Äste küsste. Wir waren so verliebt ineinander. Nie wieder hatte ich mich zu jemandem so hingezogen gefühlt.

Einen ganzen Sommer waren wir zusammen gewesen. Doch eines Tages kam sie nicht mehr. Jeden Abend hatte ich am Baum gestanden und auf sie gewartet. Ich hatte darauf gewartet, dass sie den Kiesweg hochgestürmt kam und sich in meine Arme warf. Aber sie kam nicht wieder. Eines Tages gab ich es schließlich auf.

Ein Jahr später zogen wir um, in ein größeres Haus. Meine kleine Schwester wurde geboren und ich vergaß Mazy. Doch jedes Mal, wenn ich einen Baum ansah, sah ich sie, hörte den Klang ihrer Stimme und ihr unvergessliches fröhliches Lachen. Als ich achtzehn Jahre alt war, hielt ich es nicht mehr aus. Ich machte mich zu unserem alten Treffpunkt auf. Wie erwartet war dort keine Mazy. Ich fing an zu weinen, wie ein kleines Kind. Warum war ich nur zurückgekehrt, um mich erneut mit meinen Erinnerungen zu quälen?

Da hörte ich eine Mädchenstimme meinen Namen leise rufen, und ich blickte mich um. Aber ich sah niemanden. Erneut rief die Stimme meinen Namen, dieses Mal etwas lauter. Die Person, der sie gehörte, musste über mir sein, also sah ich nach oben.

Auf den obersten Ästen saß ein Mädchen mit braunen zerzausten Haaren. Sie blickte zu mir herunter – es war Mazy.

«Mazy», rief ich sanft. Mazy hatte Tränen in den Augen, und dieses Mal funkelten ihre Augen nicht aus Abenteuerlust und Neugier wie sonst. Ganz langsam kletterte sie vom Baum herunter und stand dann vor mir. Sie war in der Zwischenzeit deutlich gewachsen. Ihre Haare trug sie wie beim letzten Mal, und nach wie vor zierten ihr Gesicht viele Sommersprossen.

«Warum bist du auf einmal verschwunden? Wieso hast du mir das angetan?» Meine Stimme klang zorniger, als ich es wollte, doch hatte sich über all die Jahre einfach zu viel Schmerz angestaut, der sich nun Bahn brechen musste.

Mazy fing an zu weinen, und erst dann fiel mir auf, dass ihr Kleid an den Enden ausgefranst war. Doch nicht nur das war es, was mich stutzen ließ. Mazy sah krankhaft blass aus, und ihre Lippen waren spröde. Auch war sie dünner geworden, und Dreck klebte in ihren Haaren.

«Ich wollte nicht … Ich … Tut mir so leid.»

Ich nahm sie in den Arm. Mazy zitterte am ganzen Körper. «Du solltest zu einem Arzt», sagte ich.

«Die können mir nicht helfen.» Ihre Stimme klang brüchig und belegt. Wie sie das Wort «die» aussprach, erinnerte mich daran, dass sie einmal zu mir gesagt hatte: Ich gehöre eigentlich nicht hier her.

«Warum warst du weg? Warum hast du mich allein gelassen?» Ich klang wie ein kleines Kind, aber ich musste diese Frage einfach stellen.

Mazy strich mir über die Wangen und sah mir in die Augen. Die ihren waren noch immer so intensiv grün wie damals.

«Ich … ich weiß nicht, wie ich es dir sagen soll.» Sie senkte ihren Kopf kurz. Dann hob sie ihn wieder, sah mich traurig, aber gleichzeitig fest entschlossen an und sagte: «Ich bin gekommen, um mich von dir für immer zu verabschieden.»

Die Worte drangen wie durch einen Schleier zu mir. Mir kamen die Tränen, und die Welt verschwamm vor meinen Augen.

«Aber warum nur? Wir haben uns doch jetzt wieder gefunden … Wir könnten zusammen ein glückliches Leben führen!» Ich rang um meine Fassung.

«Glaub mir, das würde auch ich gern. Aber ich kann nicht. Sonst …» Sie verstummte.

«Warum sagst du mir nicht einfach, was los ist? Warum weiß ich nicht einmal, wo du wohnst, wer deine Eltern sind und woher du kommst? Vertraust du mir denn nicht?» Die Fragen sprudelten nur so heraus aus mir und klangen schneidender, als ich es beabsichtigte.

Mazy ließ sie über sich ergehen, doch ich merkte, wie sehr sie ihr zusetzten. Sie so in die Ecke gedrängt zu sehen, brach mir das Herz. Sofort bereute ich meine Worte.

«Ich … Ich habe dir gesagt, dass ich von woanders herkomme. Diese Welt ist nichts für mich. Wenn ich mich hier zu lange aufhalte … dann …» Ich nahm ihre Hand und drückte sie fest.

«Ich bin gekommen … Ich bin gekommen, um dich wissen zu lassen, dass ich dich nicht vergessen habe und nie vergessen werde.» Sie schlang ihre Arme um mich, und ich atmete den mir vertrauten Körpergeruch ein, den ich so sehr vermisst hatte. Ich wollte meinen Mund öffnen, denn so viele weitere Fragen wirbelten in meinem Kopf herum. Sie aber hielt mir einen Zeigefinger auf die Lippen.

«Nicht … Bitte mach es mir nicht noch schwerer. Ich dürfte gar nicht hier sein.» Ihre Augen füllten sich mit Tränen. Dann öffnete sie meine Hand und legte eine Kette in sie hinein.

«Diese Kette hatte ich immer bei mir. Nun gehört sie dir. Dort, woher ich komme, nennt man sie Taruami, das heißt Wunderstück.»

Es war ein metallener Anhänger in Form eines Fisches. Der Fisch glänzte in allen Farben. Ich hatte noch nie zuvor so etwas gesehen. Er sah aus, als wäre er nicht von dieser Welt.

Mazy ließ mich los und gab mir einen sachten Kuss. Leise flüsterte sie in mein Ohr: «Vergiss mich bitte nicht».

«Das würde ich nie, Mazy. Das weißt du», wisperte ich und etwas zerbrach in mir. Ich hatte sie wieder gefunden und schon wieder verloren, aber dieses Mal für immer.

«Bitte schließe deine Augen und weine nicht, wenn ich gehe», bat Mazy, und ihre Stimme brach. «Ich habe dich immer geliebt und werde es für immer tun!»

Ich sah sie noch einmal an. Nie werde ich Mazys Gesicht vergessen.

Dann schloss ich meine Augen und schluchzte. Als ich es wagte, meine Augen wieder zu öffnen, war Mazy verschwunden, und ich wusste, ich würde sie niemals wiedersehen.

Aus Trauer sank ich auf die Knie und wollte gerade den Kopf in meine Hände vergraben, als mir eine lange saphirblaue Feder im Gras auffiel. Neugierig und zitternd nahm ich sie in die Hand. Mir schien es, als wollte mir jemand damit sagen, dass alles gut werde. Ich legte mir die Fischkette um den Hals und steckte die blaue Feder in meine Jackentasche.

Seitdem sind viele Monate vergangen, oder waren es Jahre? Den schlimmsten Schmerz hatte ich überwunden. Oft fragte ich mich, wo Mazy jetzt gerade wohl war und ob es ihr gut gehe. Immer wieder strich ich über meine Kette, die ich stets um den Hals trug. Ich würde Mazy nie vergessen, aber ich wusste auch, dass es an der Zeit war, loszulassen, ein neues Leben zu beginnen, neue Freunde kennenzulernen und neue Orte zu entdecken. Vorsichtig nahm ich die Kette ab und betrachtete sie. Sie war so schön, dass man alles um sie herum vergaß. Diese Kette gehörte definitiv nicht hierher. Ich atmete tief durch und warf sie, so weit ich konnte, in das offene Meer.

Danach ließ ich meine Füße in dem Wasser baumeln und blickte auf die weite Fläche des Meeres. Das Meer sah so friedlich aus, und eine leichte Brise fuhr mir durch die Haare.

Doch dann passierte etwas Wundersames. Kleine saphirblaue Fische schwammen auf mich zu und umschwirrten meine Füße. Ich fühlte mich plötzlich so befreit wie noch nie und musste auflachen. Ich hatte lange nicht mehr gelacht, und es fühlte sich gut an. Eine Welle schwappte an mir hoch und bespritzte meine Hose. Ich musste wieder lachen, dieses Mal länger und lauter, und auf einmal schien die Sonne heller, oder hatte ich mir das nur eingebildet?

Aus dem Sand schossen tiefblaue Blumen empor, und alles um mich herum blühte. Ich war mir sicher, dass ich solche Blumen noch nie gesehen hatte. In der Sonne funkelten sie in allen Farben, und ihr Geruch erinnerte mich an Mazy und an unsere schönen Abende, die wir gemeinsam verbracht hatten.

Vorsichtig pflückte ich eine Blume und hielt sie ehrfürchtig in der Hand. Sie sah genau so aus wie eine der Blumen auf Mazys Sommerkleid.

LA MERAVIGLIA BLU ZAFFIRO
LARA KELLNER
Traduzione di Elena Viviani

Mi sedetti su una roccia e lasciai penzolare i miei piedi nell'acqua cristallina. Era piacevolmente fresca, e scintillanti luci ballavano allegre sulla superficie dell'acqua. Tranne il placido scroscio delle onde, gli strilli dei gabbiani ed il fruscio del sacchetto delle patatine fritte che tenevo fra le mani non si sentiva il minimo rumore. Impensierita mi spinsi un'altra patatina nella bocca. Decisi di non aprire il pacchetto di maionese e lo lasciai scivolare nella tasca della giacca.

I miei pensieri divagarono ed mi trovai catturata nel mio mondo. Non notai il sole che sorge sull'acqua. Non sentivo più lo scroscio delle onde. Non percepivo più la fresca aria del mare.

Un piacevole ricordo mi scaldò l'animo. Un antico albero nodoso allungava i suoi rami verso il cielo. Sfiorai i rami la cui corteccia era riscaldata dal sole e mi ci appoggiai. Là era stato il nostro ritrovo, tutte le sere. Qui avevo sempre aspettato Mazy con grande impazienza quando percorrevo il sentiero di ghiaia. Lei aveva capelli castani ed arruffati e lentiggini, e quando rideva si formavano le fossette sul suo bel viso. Ci eravamo conosciute in una collina sotto ad un albero. Era diversa da ogni ragazza che conoscevo. Vedeva tutto con occhi diversi; Mazy era così incredibilmente curiosa. La sua stranezza traspariva, quando dico, che non sapevo dove vivesse o se avesse fratelli. Lei non mi aveva mai detto mai niente di se stessa. Quando le facevo simili domande taceva.

Sennonché in una sera di agosto Mazy era loquace come non lo era mai stata e mi disse:«Io non appartengo veramente a questo mondo.» Laggiù da dove vengo non ci sono case, né automobili, nessun oggetto di plastica e cose simili. Non riesco e non ho il permesso di rivelarti nulla di più specifico, tu non mi crederesti. Per favore, non mi chiedere più niente riguardo alla mia famiglia e al luogo da cui provengo, se no sarei costretta a mentire.»

Da allora abbiamo parlato di altre cose e gradualmente tornavamo sull'argomento delle sue origini. Era come fosse ieri, quando lei per la prima volta mi baciò fra le ombre dei rami nodosi. Eravamo così innamorate l'una dell'altra. Non sono mai più stata così attratta da qualcuno.

Passammo un'intera estate insieme. Dopo qualche giorno non tornò più. Tutte le sere ero stata in piedi di fronte all'albero ad aspettarla. Avevo aspettato ancora che lei salisse lungo la strada ghiaiosa per tuffarsi fra le mie braccia.

Ma lei non tornò più. Un giorno alla fine ci ho rinunciato.

Un anno dopo ci trasferimmo in una casa più grande. La mia sorellina era nata e mi scordai di Mazy. Tuttavia tutte le volte, quando vedevo un albero la vedevo, sentivo il suono della sua voce e la sua indimenticabile risata. Quando compii diciotto anni, non la consideravo più. Ritornai al nostro vecchio punto d'incontro. Come mi aspettavo lì non c'era nessuna Mazy. Iniziai a piangere, come una bambina piccola. Perché ero appena tornata a collegarmi con quei ricordi così tormentosi?

Allora udì una voce femminile che chiamava piano il mio nome, mi guardai intorno. Ma non vidi nessuno. Di nuovo la voce chiamò il mio nome, questa volta più forte. La persona alla quale apparteneva doveva essere sopra di me, ed infatti la vidi in alto. Una ragazza dai capelli arruffati era seduta sui rami più alti. Mi guardò: era Mazy.

»Mazy» ho chiamato dolcemente. Mazy aveva le lacrime agli occhi, che questa volta non rilucevano più di spirito di avventura e curiosità come prima. Molto lentamente scese dall'albero per sistemarsi davanti a me. Era nettamente cresciuta nel frattempo. Portava i capelli come l'ultima volta e le lentiggini le adornavano ancora il viso.

«Perché sei scomparsa da quella volta? Perché mi hai fatto questo?» La mia voce fuoriusciva sempre più arrabbiata di come volessi, ma era facile che accadesse dopo anni di dolore represso. Mazy iniziò a piangere, e solo allora mi sono resa conto che il suo vestito era sfilacciato in diversi punti. Ma non era l'unica cosa che mi lasciava perplessa. Mazy era di un pallido malato e le sue labbra erano secche. Inoltre era diventata più magra e dello sporco era incastrato nei suoi capelli.

»Non volevo…io….mi dispiace molto.» La strinsi fra le mie braccia. Mazy tremava in tutto il corpo.«Dovresti andare da un medico» le dissi.

»Quelli non possono aiutarmi.» La sua voce suonava fragile e bloccata. Il modo con il quale disse«quelli» mi ricordò quello che mi aveva detto anni prima :«Io non appartengo veramente a questo mondo.»

«Perché te ne sei andata? Perché mi hai lasciata da sola?» Parevo una bambina, ma dovevo semplicemente porre queste domande.

Mazy mi accarezzò le guance e mi guardò negli occhi. I suoi erano sempre così intensamente verdi come allora.

«Io…io non lo so, come devo dirtelo.» Abbassò un pò la testa, poi la sollevò di nuovo, mi guardò con un'espressione più che mai triste e allo stesso tempo ferma e disse:

»Sono venuta qui per dirti addio per sempre.»

Le parole mi arrivarono come attraverso un velo. Mi spuntarono le lacrime ed il mondo sfumava ai miei occhi.

»Ma perché almeno? Ci siamo ritrovate solo ora…Potremmo vivere una vita felice insieme!!!» Ho lottato per trattenermi.

»Credimi, lo vorrei anch'io. Ma non posso. Altrimenti…» poi tacque.

»Perché semplicemente non me lo dici? Cosa c'è che non va? Perché non so nemmeno dove vivi, chi sono i tuoi genitori e da dove vieni? Allora non ti fidi di me?» Le domande fuoriuscivano dalla mia bocca suonando più taglienti di quanto avessi previsto. Mazy le sopportò, ma non potei definire quanto le fecero male. Mi ha spezzato il cuore vederla messa alle strette in quel modo. Mi sono subito pentita delle mie parole.

»Io…te l'ho detto, che provengo da un altro luogo. Questo mondo non è per me. Se rimanessi qua per troppo tempo…allora…» Le presi la mano e la strinsi forte.

»Sono tornata…sono tornata, per farti sapere che non ti ho dimenticato e non ti dimenticherò.» Mi avvolse tra le sue braccia ed io respirai l'odore familiare del suo corpo, che mi era mancato così tanto. Volevo aprire la bocca liberare tutte quelle domande che mulinavano nella mia testa. Ma lei avvicinò il suo indice alle mie labbra.

»No…Per favore, non renderlo ancora più difficile. Non dovrei stare qui.» I suoi occhi si riempirono di lacrime. Poi mi aprì la mano e vi lasciò una catenina.

»La porto sempre con me. Ora appartiene a te. Da dove vengo si chiama Taruami, che significa meraviglia.»

Era un ciondolo di metallo a forma di pesce. Il pesce risplendeva di tutti i colori. Non avevo mai visto nulla di simile prima. Non assomigliava a nulla di questo mondo.

Mazy mi lasciò andare dopo avermi dato un dolce bacio: Poi sussurrò piano nel mio orecchio:»Per favore, non dimenticarmi.«

»Non lo farò mai Mazy, lo sai,« dissi sottovoce mentre qualcosa si rompeva dentro di me. Appena l'ho trovata l'ho persa di nuovo, ma questa volta per sempre.

Per favore, asciugati gli occhi e non piangere più quando vado« chiese Mazy e la sua voce spezzata diceva:

»Ti ho sempre amata e lo farò per sempre!«

L'ho guardata ancora una volta. Non dimenticherò mai il suo volto. Poi chiusi gli occhi e singhiozzai, quando mi arrischiai ad aprire nuovamente i miei occhi, Mazy era sparita, ed io sapevo che non l'avrei mai rivista. Caddi in ginocchio per il dolore e stavo per mettermi la testa fra le mani, quando ho notato una lunga piuma blu zaffiro nell'erba. Incuriosita e tremante la presi fra le mani. Mi è parso che qualcuno volesse dirmi che tutto sarebbe andato bene. Mi legai la catenella al collo e misi la piuma nella tasca della giacca.

Da allora sono passati molti mesi, o forse erano anni? Il dolore peggiore l'avevo superato. A volte mi chiedo, dove sia Mazy e se stia bene. Accarezzo sempre la mia catenella, che indosso al collo. Vorrei non dimenticare mai Mazy, ma sapevo anche che era ora di lasciarsi andare, di costruire una nuova vita, conoscere nuovi amici e visitare nuovi luoghi. Mi sono sfilata con cura la catenina e l'ho osservata. Era così bella, che ci si dimentica di ciò che si trova intorno. Questa collana non appartiene certamente a questo luogo. Ho preso quindi un profondo respiro e li ho lanciati entrambi il più lontano possibile in mare aperto.

Dopodiché lasciai penzolare i piedi nell'acqua e guardai l'orizzonte oltre la superficie del mare. Il mare pareva così tranquillo, e una dolce brezza fra i capelli.

Ma dopo successe qualcosa di misterioso. Piccoli pesci blu zaffiro nuotavano intorno a me e roteavano intorno ai miei piedi. Mi sentì improvvisamente così libera come non mai e dovetti ridere. Non avevo riso da molto tempo ed era bello. Un'onda sciabordò su di me, bagnandomi i pantaloni. Io dovetti ridere ancora, questa volta più forte e più a lungo e all'improvviso il sole brillò più luminosamente, o me lo immaginai soltanto?

Fiori blu intenso sbucarono dalla sabbia, e tutto intorno a me fiorì. Ero sicura di non aver mai visto quei fiori. Nel sole risplendevano di tutti i colori e il loro colore mi ricordò Mazy e le nostre belle serate che abbiamo passato insieme. Scelsi attentamente un fiore e lo tenni in mano rispettosamente. Assomigliava esattamente ad uno dei fiori sul vestito estivo di Mazy.

IL RISVEGLIO DI GIOVANNA
ELENA VIVIANI

Giovanna guarda l'enorme palazzo che le si palesa davanti con sbigottimento come se non l'avesse mai visto. Invece v'era nata in quel palazzo condominiale a sei piani, esattamente 16 anni prima, nei mesi più freddi dell'anno.

Rimane impalata, di fronte all'edificio, incantata dai suoi pensieri. Il volto è contratto dalla brezza serale, un gelido soffio le aggredisce le gote costellate da minuscoli brufoli. La fronte ne è piena, mentre le rosee guance sono pressoché deserte a quegli sfoghi di maturità. Giovanna non se ne cura, li sfoggia quasi, a mostrare la sua giovane età fiorente.

Macina controverse riflessioni, con dolorosi slanci ripercorre a tratti timidamente, a tratti con vigore, vicende ormai passate, a cui guarda con disgusto. Ne prova vergogna, ma si obbliga a riportare alla mente quel l'avvicendarsi controverso di eventi. Le sue labbra arrossate dai continui affondi dei denti accavallati si muovono ritmicamente, come in uno sfogo nervoso. Prima all'indietro, poi in una smorfia sono spinte all'esterno, l'impronta degli incisivi ancora stampata sul labbro inferiore forma bianche sfumature, che fugaci spariscono in un istante senza lasciar traccia.

Quell'estate di colpo, senza preavviso, si era come risvegliata da un lungo sonno che le aveva ottenebrato la vista ed i sensi, lasciandola in balia dell'inesperienza e dell'ingenuità giovanile. Nella sua mente era maturato un enorme giardino rigoglioso di fiori sgargianti e piante esotiche, che le faceva percepire tutto ciò che aveva sempre reputato chiaro e semplice come misterioso e nuovo. Aveva gradatamente abbandonato le ferventi idee ribelli che l'avevano spinta fino a quel momento, per lasciar spazio ad un atteggiamento più riflessivo, quasi pacato di fronte ai pareri discordanti e alle regole.

Riesce ancora a sentire la morbosa presa di quegli ideali, quei modi di pensare e quei valori che l'avevano un tempo tanto affascinata. Sulla sua pelle è da poco riuscita a raschiare con fatica la morsa della donna che l'aveva prosciugata dalla sua volontà per ridurla ad un fedele burattino. Sul collo è ancora impresso quell'inebriante profumo di protezione e fiducia che l'aveva ammaliata con una forza alla quale non si sapeva opporre. Scrolla la testa con vigore, con quel gesto fisico infantile ed ingenuo quasi a cancellare dalla mente vicende appese a lei come chiodi. Si sente totalmente mutata, come se gli organi interni si fossero spostati in zone semplicemente assurde e le ossa si fossero tramutate in pesanti blocchi d'acciaio, a dispetto della vita al di fuori di lei, che sembra imprigionarla. Lei, i suoi fratelli, la sua famiglia, lo stesso nome che non le appartiene e la Spaccatura, così la chiama, immaginando la crosta terrestre che da una scossa improvvisa si spacca, dividendosi tumultuosamente in tanti continenti differenti. La Spaccatura che l'aveva spinta a cancellarsi, a ridisegnarsi, plasmarsi, sepellendosi sotto un ideale solamente inscenato di ragazza, come un falsario dipinge un quadro ad emulare una vera opera d'arte.

Si sente scivolata nell'apatia di una vita serrata, che segue il suo ritmo lento indomabile, nel quale si alternano al suo sguardo i soliti volti conosciuti e senza segreti. Si chiede com'è avvenuto quel cambiamento, spesso paragonandosi ad un serpente che ha fatto la muta, ad una bambina striminzita nel corpo di una donna.

Non si riconosce nel modo di parlare, di pensare, nei gesti, nel fare, quasi avesse appena reimparato a farlo. Spesso si atteggia, consapevole di sé, del suo corpo femmineo, dell'attrattiva che possiede su uomini e donne, mentre non si ricorda quando il suo petto si era ingrossato e la sua vita ristretta, quasi si è strozzata. Non si è ancora abituata all'ingombranza delle forme, ai comportamenti inadeguati che non deve seguire e alle posizioni sgraziate che deve evitare.

Quando passeggia con le sue amiche per le vie del paese per esempio, sente su di sé sguardi invadenti di uomini incuriositi e di famiglie che da sempre conosce, che le riservavano uno sguardo d'onore per poterla esaminare scrupolosamente nei più piccoli dettagli notando con compiacimento curve sempre più accentuate che si protendono pericolose dall'ormai dimenticato fisico di bambina. Non sa come porsi in quelle circostanze, che invece sono un teatro più che mai banale da occupare per le sue coetanee. Si muovono come donne dalla lunga esperienza, pare che abbiano appena accompagnato il figlioletto a scuola dopo aver dato uno sfuggente bacio al marito dalla loro schiena inarcata e dal loro sguardo privo d'ogni brillore tipico della giovinezza. Nelle loro maniere Giovanna coglie perfette interpretazioni di generazioni passate a cui guarda con diffidenza. Lei si rivolge ancora con quei toni spontanei e senza misure dell'infanzia, con esclamazioni di sorpresa quasi urlate, insieme ad espressioni esagerate, queste sono ancora la pellicola che l'avvolge. Non gli si vuole però discostare, ritenendo il linguaggio dei bambini più che mai vero e genuino.

Le sue amiche sono già donne, i loro corpi non tradiscono quei comportamenti e quelle educate cortesie da adulte, il loro personaggio più che mai definito, che all'occhio attento cela però ragazze mascherate alla perfezione da donne. In quella foga di dimostrare la propria maturità non perdono certo l'occasione di mostrarsi nello sboccio della loro più giovane femminilità. Lungo ciottolose vie di paese salutano ora l'uno ora l'altro conoscente come dive sul tappeto rosso, giocando con espressioni allusive del viso e accostandosi i capelli come in una danza seduttiva. L'intero fisico è in uno stato tale di ebbrezza che la sola fugace attenzione di un estraneo viene accolta come un dono immeritato, gli occhi si schiacciano da sorrisi festosi che abbracciano lo sconosciuto, lasciandolo confuso e disorientato.

Quelle abitudini a Giovanna inusuali sono per lei fonte di studio, carente di queste si guarda intorno titubante, insicura nell'imitare le amiche e troppo debole per esporre la sua diversità, che la intralcia come moscerini al vento. Respinge l'egocentrica esuberanza delle amiche e rifiuta l'appiccicosa ammirazione della sua scultura corporea, tentando di nasconderla tra le nere falde del vestito, senza successo. Si affanna nel distaccarsi da quelle questioni materiali e di grezzo istinto sessuale, non riuscendo puntualmente a coinvolgere le sue compagne, annegate oramai in quel vortice di caducità.

Si trova quindi davanti al suo palazzo d'infanzia, pensierosa e quasi inebetita da quegli sconvolgimenti. Lì aveva vissuto i suoi primi anni di vita, dove ad un'infanzia tranquilla e ignara era seguita un'adolescenza tumultuosa. Le era sempre parsa una sistemazione rispettabile dove era naturale che le famiglie vivessero, consapevole solo della ristretta realtà nella quale era nata. La sicurezza che faceva da sfondo alle sue riflessioni di bambina è ora sparita, lasciandole addosso solo una pesante mantella d'angoscia nell'udire notizie di violenze e guerre che subdole s'insinuavano nella sua vita innocente. Constata la sua insicurezza, la tocca, quasi accarezza frasi per timore non dette, risate soffocate, pianti afflitti celati dietro a risate di autocompassione. Non ne prova però vergogna, loda consapevole la sua irresolutezza, guardando con ostilità l'autostima ostentata e quei toni della voce fastidiosamente alti, che celano una paura ancora più profonda, un'ingenuità bambinesca.

Vive fra generazioni che, senza farsi domande, un po' per paura, un po' per ignoranza, si chiudono in abitudini secolari, in proverbi di saggezza popolare ancora più antichi, che ripetono come cani ammaestrati. La loro normalità, lo scorrere lento della vita, l'infanzia seguita dall'adolescenza, poi inesorabile verso i figli, i nipoti, sono come dogmi di una fede inesistente, che neanche professano, ma vi rimangono comunque fedeli sostenitori. Impauriti dal mondo e dalla libertà che possiedono, preferiscono legarsi a ferree regole di sopravvivenza, tramandate da decenni, cui essi docili perseverano.

Non vogliono altro che sostituirsi ai genitori quei ragazzi senz'ambizioni, per portare avanti quel deleterio ciclo infinito, che non porta a nessun sviluppo, nessuna evoluzione.

Giovanna osserva i muri della casa un tempo d'un giallo squillante, essi sono ora scrostati dalla pioggia e dalla neve negli anni e dai graffiti di protesta, frutto dell'arte ribelle dei ragazzi. Ed i sei piani che alla sua vista sono troppi, rendono l'aspetto dell'edificio più che mai sgraziato e goffo, quasi sproporzionato.

Giovanna volta il suo viso baciato dalla flebile luce di un lampione, si guarda indietro, lungo la strada buia e desolata per scorgere in cima luminose schiere di luci, insegne dei negozi, covo del chiacchiericcio dei passanti. In un istante decide, muove qualche passo e la prende una forza misteriosa, incontrollata, come una specie di inerzia. Questa le attacca l'intero fisico di un prurito cui unico sollievo è quello di muovere freneticamente le esili gambe lungo la strada puntellata di buche.

Il suo corpo avvampa, si sente addosso un calore di festa, quel tepore di fantasticherie accese che, in contrasto con l'aria fredda ed il buio, brucia in solitudine mentre la gola elastica, quasi in procinto di un discorso memorabile, si scotta con gelide folate che ne frustano l'esuberanza.

Inizia a camminare per le vie della città, senza meta né logica, è come spettatrice degli imprevedibili movimenti del suo corpo. Odei suoni che conosce bene, il battito del suo cuore, il suono dei suoi allergici starnuti, le grida degli autisti, i lamenti dei loro clacson, le luci delle insegne che illuminano tutto ciò che le risulta quanto più misterioso.

Presto viene avvolta dal vocio tipico della città, che come una coperta calda l'avvolge, le sue orecchie riempite da quella cappella di canti di baritoni e soprani, che inconsapevoli del loro concerto si protendono nell'aria. Alcuni parlano animatamente nei loro dialetti scomposti e sgrammaticati, che suonano rudi alle sue orecchie di studentessa, altri dal capo opposto della strada, vestiti in completi eleganti, probabilmente appena usciti da una sala di conferenze raffinate, si approcciano con frasi arzigogolate, senza virgole, fatte di periodi pretenziosi ma senza effettiva sostanza. Essi si mostrano a bella posta, elogiandosi virtuosi, quasi in una scena di teatro uno in seguito all'altro recita la sua battuta.

Negli angoli delle strade si scorgono senzatetto accovacciati su gradini di negozi già chiusi stretti ai loro cani dall'aspetto fedele. Essi storcono i loro visi già menomati dal freddo e dalla fame, chiedendo con decisione rassegnata pochi spiccioli a madri indaffarate che non curandosi di loro, vi si allontanano, preoccupate che il degrado di quegli sfortunati uomini possa accollarglisi senza ritegno ad ogni angolo della pelle come una malattia senza cura. I mendicanti rispondono però con sorrisi stentati, bonari a quel rifiuto sprezzante, pensando d'esser capaci di fare lo stesso nelle opposte condizioni.

Giovanna osserva le madri con grande attenzione, esse sono prosciugate da ogni spiraglio delle ragazze che erano e che giurarono di rimanere, della loro spigliatezza e audacia si sono come dimenticate, e quasi non fossero mai esistite rinascono nel ruolo di genitore a cui insoddisfatte non si vogliono però rassegnare. Si trainano quasi bei bimbetti dalla faccia furba, che con inaspettata possanza cacciano urli senza misura, piangono e stridono come cavalli frustati. Dai loro teneri nasini escono grumi di capricci e irosi lamenti senza ragione. Essi vengono spinti con foga lungo strade lastricate come bagagli ingombranti e d'impiccio alle madri che intransigenti ai loro sfoghi di genuina fantasia urlano infastidite, non comprendono mandrie di puledri volanti e automobili svolazzanti nelle loro menti innocenti. Nelle loro espressioni corrucciate, seppur adulte, sembrano più disperate di quelle bambinesche ripicche e quei pianti.

Le limitazioni dello spazio hanno perso la loro importanza, ora alla sua vista solo storie, amori, dispiaceri, che lasciano Giovanna spettatrice del suo corpo, che padrone di se stesso si districa nelle più diverse strade per volontà propria. Deve sembrare una figura quanto mai inconsueta all'occhio docile e abitudinario dei negozianti, che vivono quasi nelle loro attività, e che conoscono le coscienziose abitudini della giovane ragazza, che ora pare estraniata dalla vita che la circonda. Giovanna intanto, immersa nelle sue digressioni non dà peso alla sua forma esteriore e allo spazio che occupa, e quasi si scontra impacciata con un ragazzo carico di scatoloni ingombranti senza freno alcuno ai suoi movimenti. Quest'ultimo già fermentando male parole nella gola si placa nel vedere la sua originale bellezza, quel bagliore nuovo e inconsueto che illumina la sua figura. Giovanna arrossisce ridendo di se stessa quasi, e allegra risponde con un cenno di saluto a quel ragazzo che ancora sorpreso da quelle singolari scuse e da quella bizzarra ragazza, quasi rischia nuovamente di esser travolto dalla gente.

Giovanna, nella sua camminata affrettata, divora con gli occhi le strade e gli edifici che si trova davanti, e con loro scene di vita quotidiana, uomini e donne che si dirigono al lavoro, alcuni con passo baldanzoso e fiero, altri schiacciati dal peso di responsabilità a cui si sentono inadeguati, e bambini che gioiscono inconsapevoli della loro vita ignara, e nonostante così vera.

Come montagne che dirigono al mare, lentamente i condomini e gli edifici proletari si rimpiccioliscono lasciando il passo a dimore aristocratiche, con facciate affrescate e intarsi dorati, nel cuore pulsante della città. Lì Giovanna vi ritrova la stessa arroganza della periferia, è solo meglio mascherato dice a se stessa, tinteggiata e coperta da raffinati studi, ricchi alloggi, titoli altisonanti che mal si accostano all'istinto, che è la vera guida dei nobili signori. L'atmosfera è silenziosa, quasi stanca, pare che tutti stiano già dormendo, la pancia rigonfia di una cena ingorda.

Ecco che si avvicina al teatro, quasi rabbrividisce della sua imponente eleganza, lo rimira come un quadro dalla bellezza fuggevole, percependo il fermento emozionato tipico dell'attesa prima d'una esibizione. Incuriosita, s'avvicina alla ripida gradinata dai bordi smussati, scivolosi, ed esitante s'intrufola in quell'elegante riunione di personaggi famosi, volti già visti in qualche programma televisivo che sorprendentemente concreti ridono e scherzano fra di loro. Giovanna inscena una sicurezza fittizia, che però non viene dubitata e le permette l'entrata nel teatro. Sceglie di seguire il primo cartello che le passa sotto agli occhi, si dirige quindi alla sala, dove le luci sono appena soffuse, in procinto di spegnersi per lasciar spazio alla musica degli orchestranti, che emozionati, se ne stanno zitti sul palco in attesa del direttore. Giovanna si siede silenziosa in una delle ultime file ancora rimaste libere.

Il teatro è gremito d'ogni genere di persone, quelle più ricche, solite in quell'ambiente, si stravaccano quasi sulle poltrone appena sotto al palco, altri che a giudicare dal loro sguardo assistono allo spettacolo per la prima volta non fanno che posare gli occhi da una cosa all'altra, febbrilmente studiano quell'atmosfera così surreale. Giovanna fa lo stesso estasiata dalla magia che si sta per realizzare dinanzi a lei, incosciente non dà peso di esser sola e senza biglietto e incapace di reagire rimane immobile. D'improvviso le luci fievoli si spengono senza alcun avvertimento, mentre lo spessore denso delle voci che occupavano la stanza come una camera ben arredata zittiscono come uccise.

Quando una donna sulla quarantina vestita interamente di nero fa la sua entrata sul palco, il silenzio si rompe di nuovo a scrosci di applausi. Essa manda cenni di gratitudine ad ogni angolo del pubblico, poi si sistema sulla pedana del direttore, sorride allusiva ad un qualche gioco fra sè ed i suoi musicisti e dopo una risata soffocata ritorna seria, apre le partiture con cura rilegate e chiude gli occhi, le mani protese in aria, la bacchetta nella mano destra. Pare che anche la folla degli spettatori per qualche secondo trattenga il respiro insieme agli orchestranti, per non nuocere a quel silenzio pulito e perfetto. Poi la direttrice accenna un piccolo movimento della mano, seguito da uno più grande e l'orchestra incomincia a suonare. Il concerto s'articola in movimenti di calmo adagio, seguiti dalla meraviglia dei violini che ne sono i protagonisti. Gli archi si divincolano maestosi a produrre estasianti melodie, i musicisti, finalmente attraccati nella loro più vera dimensione possono abbandonarsi virtuosi al piacere della musica. Giovanna percepisce l'energia d'ogni strumento, la leggerezza di mani che si divincolano veloci in passaggi complessi sui loro strumenti, la bellezza di precisi e articolati andirivieni di note, prima gravi poi acute, e i fiati che si alternano agli archi, poi agli ottoni. Ognuno è ammaliato da quello spettacolo di arte viva, che seppur immateriale sentono di aver toccato con le loro stesse mani. Al vigoroso applauso che scuote la sala e gli animi orgogliosi degli orchestranti Giovanna comprende che l'esibizione si è conclusa e, come da un sogno riprende conoscenza. Timidamente si preme i fianchi a constatare la sua presenza, con pochi gesti si allontana i fastidiosi ciuffi castani dal volto arrossato come se quel movimento potesse rischiararle i pensieri insieme alla vista. Batte le mani anche lei, insieme a quella moltitudine di persone intorno, entusiasmata da quello sfogo di bellezza ne cattura la perfezione, l'arte dice fra sè, è l'unica perla rimasta intatta fra cumuli di macerie, che con il suo bagliore illumina un mondo corrotto.

GIOVANNAS ERWACHEN
ELENA VIVIANI
Aus dem Italienischen von Lara Kellner

Giovanna betrachtet das riesige Gebäude vor ihr. Sie schaut es voller Erstaunen an, als habe sie es noch nie zuvor gesehen. Doch genau 16 Jahre zuvor ist sie in diesem sechsstöckigen Wohnhaus geboren worden, in der kältesten Jahreszeit.

Sie steht vor dem Wohnhaus und ist ganz in Gedanken versunken. Eine Abendbrise streicht ihr über die Wangen, die von kaum sichtbaren Pickeln übersät sind. Während die Stirn von Pickeln bedeckt ist, sind ihre rosigen Wangen von diesen Auswüchsen der Reife fast frei. Giovanna schämt sich nicht für ihre Hautunreinheiten und kehrt sie beinahe hervor, um ihre aufkeimende Jugend zur Schau zu stellen. Sie ruft sich zuerst zaghaft, dann mit Nachdruck, die Ereignisse der Vergangenheit vor Augen, auf die sie mit Abscheu zurückblickt. Sie schämt sich für ihre Vergangenheit, zwingt sich aber, sich die Abfolge von widersprüchlichen Ereignissen ihrer Vergangenheit vor Augen zu führen. Sie knirscht mit den Zähnen und ihre roten Lippen bewegen sich rhythmisch wie bei nervösen Zuckungen. Sie beißt sich auf die Lippen und bewegt diese vor und zurück, wobei die Schneidezähne auf der Unterlippe weiße Druckstellen hinterlassen, die im nächsten Augenblick spurlos verschwinden.

In diesem Sommer war sie plötzlich und ohne Vorwarnung wie aus einem langen Schlaf erwacht, der ihre Sicht und ihre Sinne getrübt und sie der Unerfahrenheit und jugendlichen Naivität ausgeliefert hatte. In ihrem Geist war ein riesiger Garten mit leuchtenden Blumen und exotischen Pflanzen herangereift, der sie alles, was ihr immer klar und einfach erschienen war, als geheimnisvoll und neu wahrnehmen ließ. Nach und nach hatte sie die leidenschaftlichen und rebellischen Ideen aufgegeben, die sie bis dahin angetrieben hatten, um Raum für eine reflektiertere, eine fast ruhige Haltung gegenüber abweichenden Meinungen und Konventionen zu lassen.

Immer noch spürt sie den morbiden Einfluss dieser Ideale, dieser Denkweisen und Werte, die sie einst so sehr fasziniert hatten. Erst vor kurzem hat sie sich mühsam aus dem Griff jener Frau befreit, die sie ihres Willens beraubt und sie zu einer willfährigen Marionette gemacht hatte. Am Hals ist noch der berauschende Duft von Schutz und Vertrauen zu spüren, der sie mit unwiderstehlicher Kraft in seinen Bann gezogen hatte. Energisch schüttelt sie den Kopf, mit einer kindlich-naiven Geste, als wollte sie Ereignisse aus ihrem Gedächtnis streichen, die wie Nägel in ihr stecken.

Sie fühlt sich völlig verändert, als hätten sich die inneren Organe verschoben und die Knochen in schwere Stahlblöcke verwandelt, trotz des Lebens außerhalb von ihr, das sie gefangenzuhalten scheint. Sie denkt widerwillig an ihre Brüder, ihre Familie und ihren Namen, den sie von ihrer Familie geerbt hat und der nicht zu ihr gehört. Ihre Beziehung zur Familie ist wie ein Riss, so nennt sie es. Ein Riss, der die Erdkruste durch einen plötzlichen Ruck aufbricht und in viele verschiedene Kontinente zerfallen lässt. Der Riss, der sie gedrängt hatte, sich selbst auszulöschen, sich umzugestalten, sich unter einem imaginären Mädchenideal zu begraben, wie ein Fälscher ein Bild malt, um einem wahren Kunstwerk nachzueifern. Sie spürt, wie sie in ein beengtes Leben abgleitet, das seinem unaufhaltsamen Rhythmus folgt und in dem vor ihrem Blick die bekannten, geheimnislosen Gesichter vorbeiziehen.

Sie fragt sich oft, wie diese Veränderung gekommen ist, und oft vergleicht sie sich mit einer Schlange, die sich gehäutet hat zu einem geschrumpften Kind im Körper einer Frau. Sie erkennt sich selbst nicht wieder in der Art, wie sie spricht, denkt, gestikuliert, handelt, als hätte sie es gerade erst wieder erlernt. Oft posiert sie, selbstbewusst in Bezug auf ihren weiblichen Körper, den Reiz, den sie auf Männer und Frauen ausübt, während sie sich nicht mehr daran erinnern kann, wann ihre Brüste anschwollen und ihre Taille sich verengte und sie fast erstickte. Sie hat sich noch nicht an die Üppigkeit ihrer Formen gewöhnt, die unpassenden Verhaltensweisen, die sie nicht an den Tag legen darf, und die plumpen Körperhaltungen, die sie vermeiden muss. Wenn sie zum Beispiel mit ihren Freundinnen durch die Straßen des Dorfes geht, spürt sie die aufdringlichen Blicke der neugierigen Männer und der Familien, die sie seit jeher kennt und die ihr Blicke zuwerfen, die sie bis ins kleinste Detail unter die Lupe nehmen, und dabei mit Genugtuung feststellen, dass die Kurven immer stärker betont werden und sich gefährlich von dem mittlerweile vergessenen Körper des Kindes abheben.

Sie weiß nicht, wie sie sich unter diesen Umständen verhalten soll, die für Mädchen ihres Alters mehr denn je eine triviale Bühne sind. Sie bewegen sich wie erfahrene Frauen, anscheinend haben sie soeben ihren kleinen Sohn zur Schule gebracht, nachdem sie sich zu ihrem Mann gebeugt und ihm einen flüchtigen Kuss gegeben haben, und in ihrem Blick ist nichts vom Glanz der Jugend. Giovanna erkennt darin die perfekte Nachahmung der Verhaltensweisen vergangener Generationen, denen sie skeptisch gegenübersteht. Ihre Sprechweise ist immer noch kindlich spontan und maßlos, mit fast schrillen Ausrufen des Erstaunens, verbunden mit übertriebener Mimik; das ist wie eine Folie, die sie einhüllt. Sie möchte jedoch nicht davon abweichen, weil sie die Sprache der Kinder für wahr und echt hält.

Ihre Freundinnen sind schon Frauen, ihre Körper lassen noch nicht die typischen Verhaltensweisen und wohlerzogenen Höflichkeitsformen der Erwachsenen erkennen. Sie haben ihre Persönlichkeit ausgeformt, für das wachsame Auge sind es jedoch perfekt als Frauen getarnte Mädchen. In diesem Bemühen, ihre Reife zu beweisen, lassen sie keine Gelegenheit aus, sich im Aufblühen ihrer jungen Weiblichkeit zu zeigen. Auf gepflasterten Dorfstraßen grüßen sie nun wie Diven auf dem roten Teppich den einen oder anderen Bekannten, mit verheißungsvollem Gesichtsausdruck und mit ihren Haaren spielend wie bei einem verführerischen Tanz. Der gesamte Körper befindet sich in einem solchen Rauschzustand, dass die bloße flüchtige Aufmerksamkeit eines Fremden wie ein unverdientes Geschenk empfunden wird. Ihre Augen verengen sich in einem strahlenden Lächeln, das den Fremden umarmt und ihn verwirrt und verblüfft zurücklässt.

Diese ihr fremden Angewohnheiten sind für Giovanna Gegenstand des Studiums. Da sie ihr fehlen, sieht sie sich zögernd um, unsicher, ob sie ihre Freundinnen nachahmen soll, und zu schwach, um ihre Andersartigkeit zu zeigen, die ihr im Weg ist wie Mücken im Wind. Sie lehnt den egozentrischen Überschwang ihrer Freundinnen ab und verschließt sich der zudringlichen Bewunderung für ihre Figur, indem sie versucht, sie in weiten schwarzen Kleidern zu verstecken, ohne Erfolg. Sie gibt sich Mühe, sich von diesen materiellen Dingen und groben sexuellen Instinkten zu lösen. Sie spricht mit ihren Freundinnen nicht darüber, da sie sie nicht verstehen.

So steht sie vor dem Haus ihrer Kindheit, nachdenklich und fast benommen von den Geschehnissen. Dort hatte sie ihre ersten Lebensjahre verbracht, in denen auf eine ruhige und unbeschwerte Kindheit eine turbulente Jugend folgte. Sie hatte immer das Gefühl gehabt, dass es sich um eine respektable Einrichtung handelte, in der Familien ganz selbstverständlich lebten. Sie war sich nur der begrenzten Realität bewusst, in die sie hineingeboren worden war. Die Sicherheit, die den Hintergrund für ihre kindlichen Überlegungen bildete, ist nun verschwunden und hinterlässt nur einen schweren Mantel der Angst, wenn sie die Nachrichten von Gewalt und Kriegen hört, die sich in ihr unschuldiges Leben eingeschlichen haben. Sie bemerkt ihre Unsicherheit, kann sie beinah anfassen, berühren, Fetzen von ängstlichen, halb verschluckten Sätzen, unterdrücktes Lachen, verzweifelte Tränen, die sich hinter Lachen voller Selbstmitleid verbergen. Sie schämt sich jedoch nicht dafür; sie lobt bewusst ihre Unentschlossenheit und blickt mit Feindseligkeit auf das ostentative Selbstvertrauen und diese nervtötend hohen Stimmlagen, wohinter sich noch tiefere Angst verbirgt, die kindliche Naivität.

Sie lebt zwischen den Generationen, die, ohne Fragen zu stellen, teils aus Angst, teils aus Unwissenheit, in uralten Gewohnheiten befangen sind, in noch älteren Sprichwörtern, die sie wie dressierte Hunde wiederholen. Ihre Normalität, der langsame Fluss des Lebens ist wie ein ewiger Kreislauf: zuerst die Kindheit, gefolgt von der Jugend. Man findet jemanden, den man liebt, bekommt Kinder, die später auch Kinder bekommen. Das ist wie Dogmen eines nicht existierenden Glaubens, zu dem sie sich nicht einmal bekennen, aber dessen treue Anhänger sie dennoch bleiben. Sie haben Angst vor der Welt und der Freiheit, die sie besitzen, ziehen es vor, strenge Überlebensregeln zu befolgen, die über Jahrzehnte weitergegeben wurden und an die sie sich folgsam halten.

Diese Kinder ohne Ehrgeiz wollen nichts anderes, als den Platz der Eltern einzunehmen, um diese schädliche Entwicklung fortzusetzen. Giovanna betrachtet die Wände des Hauses, die einst leuchtend gelb waren und im Laufe der Jahre von Regen, Schnee verwittert und von Protest-Graffities bedeckt sind, der rebellischen Kunst der Jungen. Und in ihren Augen sind die sechs Stockwerke zu viel, sie lassen das Gebäude noch unschöner und plumper, beinahe unproportional erscheinen. Giovanna wendet ihr Gesicht ab, umflossen vom schwachen Licht einer Straßenlaterne, und schaut zurück die dunkle und trostlose Straße hinauf, um einen Blick auf die hellen Lichterketten am oberen Ende zu erhaschen, auf die Leuchtreklamen der Geschäfte, wo die Passanten miteinander reden.

Auf einmal entscheidet sie sich, geht ein paar Schritte, und eine geheimnisvolle, unkontrollierte Kraft ergreift sie, wie eine Art von

Trägheit. Diese befällt ihren ganzen Körper mit einem Juckreiz, dessen einzige Linderung darin besteht, ihre schlanken Beine hektisch über die von Löchern übersäte Straße zu bewegen. Ihr Körper steht in Flammen, sie spürt eine festliche Wärme, die Wärme der glühenden Träumereien, die im Gegensatz zur kalten Luft und der Dunkelheit einsam brennt, während die biegsame Kehle, fast wie kurz vor einer denkwürdigen Rede, von eisigen Böen, die den Überschwang bremsen, verbrannt wird. Sie beginnt, durch die Straßen der Stadt zu gehen, ohne Ziel und Logik, als Zuschauerin der unvorhersehbaren Bewegungen ihres Körpers. Sie hört die Klänge, die sie so gut kennt: das Klopfen ihres Herzens, das Geräusch ihres Allergikerniesens, die Schreie der Autofahrer, das Hupen, die Lichter der Leuchtreklamen, die alles erhellen, was umso geheimnisvoller wirkt. Schon bald wird sie von dem typischen Trubel der Stadt erfasst, der sie wie eine warme Decke umhüllt, ihre Ohren füllen sich mit diesem Chor von Baritonen und Sopranen, die sich, ihres Konzerts nicht bewusst, sich in die Luft erheben. Einige sprechen lebhaft in fehlerhaftem und agrammatischem Dialekt, die in ihren Ohren, den Ohren einer Gymnasiastin, ungezogen klingen, andere kommen vom anderen Ende der Straße, tragen schicke Anzüge und kommen wahrscheinlich gerade aus einem schönen Vortragssaal. Es wird in kunstvollen, kommafreien Sätzen gesprochen, die aus hochtrabenden Phrasen ohne wirkliche Substanz bestehen. Sie stellen sich zur Schau und loben sich gegenseitig, wie in einer Theaterszene spricht einer nach dem anderen seinen Text. An Straßenecken sieht man Obdachlose, die auf den Stufen bereits geschlossener Geschäfte kauern und sich ihre treu dreinschauenden Hunde an sich drücken. Sie verziehen die von Kälte und Hunger bereits entstellten Gesichter und verlangen mit resignierter Entschlossenheit ein wenig Kleingeld von geschäftigen Müttern, die sich, ohne sich um sie zu kümmern, von ihnen abwenden, in der Sorge, dass die Erniedrigung dieser unglücklichen Menschen sie unkontrolliert ergreifen könnte wie eine unheilbare Krankheit. Die Bettler reagieren jedoch mit einem mühsamen, gutmütigen Lächeln auf diese verächtliche Ablehnung. Sie denken, dass sie, wenn sie in der umgekehrten Lage wären, das Gleiche tun würden.

Giovanna beobachtet die Mütter mit großer Aufmerksamkeit. Sie haben jeden Anflug von dem Mädchen, das sie einst waren und geschworen hatten, zu bleiben, verloren. Ihre Kühnheit und ihr Wagemut sind wie vergessen, und als ob es sie nie gegeben hätte, werden sie wiedergeboren in der Rolle der Eltern, mit der sie unzufrieden sind, womit sie sich aber nicht abfinden wollen. Sie ziehen kleine Kinder mit schlauen Gesichtern hinter sich her, die mit unerwarteter Kraft pausenlos schreien, weinen und kreischen wie gepeitschte Pferde. Aus ihren zarten Näschen kommen Klumpen von grundlosen Wutanfällen und schrillem Geplärr. Sie werden wie sperriges Gepäck eilig über die Asphaltstraßen geschoben und stehen den Müttern im Weg, die unnachgiebig gegenüber diesen Ausbrüchen echter Fantasie verärgert herumschreien, in ihren naiven Gemütern verstehen sie keine Herden von dahin preschenden Fohlen und sausenden Autos. Mit ihrem erzürnten, wenn auch erwachsenen Gesichtsausdruck sehen die Mütter verzweifelter aus als die kindlichen Wutausbrüche und Schreie ihrer Kinder.

Die Grenzen des Raums haben ihre Bedeutung verloren, in ihren Augen gibt es nur noch Geschichten, Liebe, Kummer, die Giovanna als Beobachterin ihres Körpers zurücklassen, der sich selbst nach seinem eigenen Willen auf unterschiedlichste Weise entwirrt. Sie muss eine sehr ungewöhnliche Erscheinung in den folgsamen Augen der Ladenbesitzer sein, die schon fast in ihrem Geschäft leben und die gewissenhaften Gewohnheiten des jungen Mädchens kennen, das dem Leben um sie herum entfremdet zu sein scheint. In ihre Überlegungen vertieft, achtet Giovanna nicht auf ihre Umgebung und stößt fast ungebremst mit einem mit sperrigen Schachteln beladenen Jungen zusammen. Dieser, dem bereits böse Worte auf der Zunge liegen, wird durch den Anblick ihrer ursprünglichen Schönheit beruhigt, durch dieses neue, ungewöhnliche Leuchten, das ihre Gestalt umfließt. Giovanna errötet, lacht fast über sich und nickt dem Jungen fröhlich zu, der immer noch von dieser seltsamen Entschuldigung und dem bizarren Mädchen überrascht ist und beinahe wieder von der Menschenmasse mitgerissen wird.

Indem sie eilig dahingeht, verschlingt Giovanna mit den Augen die Straßen und Gebäude vor ihr, die Szenen des täglichen Lebens: Männer und Frauen, die sich auf den Weg zur Arbeit machen, einige mutigen und stolzen Schrittes, andere von der Last der Verantwortung erdrückt, der sie sich nicht gewachsen fühlen, und Kinder, die sich an ihrem ahnungslosen und doch so wahren Leben erfreuen. Wie Berge, die auf das Meer zulaufen, schrumpfen langsam die proletarischen Wohnblocks, und im pulsierenden Herzen der Stadt entstehen aristokratische Residenzen mit bemalten Fassaden und vergoldeten Armaturen. Dort findet Giovanna die gleiche Arroganz wie in den Vorstädten, nur besser getarnt, sagt sie sich, überzogen mit edlen Kanzleien und

Praxen, luxuriösen Wohnungen und hochtrabenden Titeln, die dem Instinkt, dem wahren Führer der noblen Herrschaften nicht gerecht werden. Die Atmosphäre ist still, fast müde. Es scheint, als ob alle schon schlafen würden, mit dickem Bauch nach einem üppigen Abendessen.

Da nähert sie sich dem Theater und erschrickt fast vor dessen imposanter Eleganz, sie bewundert es wie ein Gemälde von flüchtiger Schönheit. Sie spürt die angespannte Erregung, die für das Warten vor einer Aufführung typisch ist. Neugierig nähert sie sich der steilen Treppe mit ihren abgerundeten, rutschigen Stufen und mischt sich zögernd unter die elegante Ansammlung von Prominenten, Gesichtern, die man schon in irgendeinem Fernsehprogramm gesehen hat und die erstaunlich konkret miteinander lachen und reden. Giovanna täuscht eine Sicherheit vor, die nicht angezweifelt wird und ihr erlaubt, das Theater zu betreten. Sie beschließt, dem ersten Hinweis zu folgen, der ihr vor die Augen kommt. Dann geht sie in den Raum, in dem das Licht kaum gedimmt ist und gerade ausgeschaltet werden soll, um Platz zu machen für die Aufführung der Musiker, die nervös auf der Bühne stehen und auf den Dirigenten warten. Giovanna setzt sich still in eine der letzten frei gebliebenen Reihen. Das Theater ist voll mit allen möglichen Leuten: die Reicheren, die in dieser Umgebung üblich sind, lümmeln fast auf den Sitzen direkt vor der Bühne herum. Andere, die, ihrem Blick nach zu urteilen, das Spektakel zum ersten Mal sehen, können sich nicht satt sehen, fieberhaft studieren sie diese surreale Atmosphäre. Giovanna macht es ebenso, hingerissen von der magischen Szenerie, die sich vor ihr auftut, nicht bedenkend, dass sie allein und ohne Ticket ist und unfähig zu reagieren, bleibt sie reglos. Plötzlich geht das schummrige Licht ohne Vorwarnung aus, und das dichte Stimmengewirr, das den Raum wie mit Möbeln vollgestelltes Zimmer erfüllte, verstummt und erstirbt.

Als eine Frau in den Vierzigern, ganz in Schwarz gekleidet, die Bühne betritt, wird die Stille von tosendem Applaus durchbrochen. Sie schickt ein dankendes Nicken in alle Ecken des Publikums und dann nimmt sie am Dirigentenpult Platz. Sie lächelt vergnügt über irgendeinen Wortwechsel zwischen ihr und ihren Musikern, und nach einem unterdrückten Lachen wird sie ernst, öffnet die sorgfältig gebundene Partitur und schließt die Augen, die Hände in die Luft gestreckt, den Stab in der rechten Hand. Es hat den Anschein, als hielten auch die Zuschauer für einige Sekunden den Atem an, um diese reine und vollkommene Stille nicht zu stören. Dann deutet die Dirigentin eine kleine

Handbewegung an, gefolgt von einer größeren, und das Orchester beginnt zu spielen. Das Konzert gliedert sich in ruhige Adagio-Sätze, auf die das Wunder der Geigen als Protagonisten folgt. Die Streicher lassen sich majestätisch zu verzückenden Melodien hinreißen, Musiker, die endlich in ihrer wahren Dimension angelangt sind, können sich virtuos dem Genuss der Musik hingeben.

Giovanna spürt die Energie eines jeden Instruments, die Leichtigkeit der Hände, die sich schnell in komplexen Passagen auf ihren Instrumenten entfalten, die Schönheit von präzisen und artikulierten Tonfolgen, erst tief, dann hoch, die Holzbläser im Wechsel mit den Streichern, dann die Blechbläser. Alle sind fasziniert von diesem Schauspiel lebendiger Kunst, das sie, obwohl immateriell, mit Händen greifen zu können glauben. Unter dem stürmischen Beifall, der den Saal erschüttert und die Seelen der Musiker mit Stolz erfüllt, merkt Giovanna, dass die Aufführung vorbei ist und kommt wie aus einem Traum wieder zu sich. Schüchtern drückt sie ihre Hüften, um sich zu vergewissern, dass sie da ist. Mit ein paar Gesten schiebt sie die lästigen braunen Strähnen aus dem geröteten Gesicht, als ob diese Bewegung ihre Gedanken sowie ihr Sehvermögen aufhellen könnte. Sie klatscht in die Hände, zusammen mit den vielen Leuten um sie herum, begeistert von diesem Ausbruch der Schönheit, erfasst von dessen Perfektion. Die Kunst, sagt sie sich, ist die einzige Perle, die unter Trümmern unberührt bleibt, die mit ihrem Glanz die verkommene Welt erleuchtet.

KURZGESCHICHTE ZUM GEDICHT
TODESFUGE
SAHRA WASSNER

Part I – aus der Sicht eines Aufsehers

Laute Trillerpfeife. Gebrüll. Bellen: Ich erwache, was sage ich, ich schrecke auf. Ich schrecke nach wenigen Stunden des Schlafs auf und blicke verbittert aus dem Fenster meines Hauses. Müde schwinge ich mich aus dem Bett und öffne die Balkontür.

Ein kühler Windhauch umgibt mich, als ich vor die Tür trete und auf die großen Lager blicke, welche sich riesenhaft vor mir auftun.

Der Mond beginnt, am Horizont zu verschwinden, und mit ihm auch der Friede, den die Nacht für mich bedeutet.

Meine Gedanken hängen noch meiner Margarethe nach, die weit entfernt in Deutschland auf mich wartet und der ich nachts zu schreiben pflege. Ich spüre einen Schmerz in meiner Brust sich ausbreiten, als ich an sie denke.

Wie gerne wäre ich doch bei ihr! Eine laute, schrille Trillerpfeife reißt mich aus meinen Gedanken. Ich straffe mich und gehe strammen Schrittes aus der Tür auf den großen Vorplatz, wo ich mich vor die jämmerlichen Gestalten stelle, welche so Mitleid erregend vor mir stehen.

Mein Mitleid schwindet allerdings schnell, während ich sie mir genauer ansehe. Ihr schwarzen Haare, die mageren und schwachen Körper, die niemals ehrliche Arbeit verrichten mussten, diese verlogenen Blicke, welche den Anschein zu erwecken versuchen, unschuldige und gute Menschen zu sein.

Hass erfüllt mich, während ich all diese Tiere so vor mir sehe.

Die Gruppen werden vorgelesen, eine nach der anderen und schleichend bewegen sich die Wesen zu ihrem Arbeitsplatz, dem einzigen Ort, an dem sie einen letzten Sinn bekommen und zwar nur, weil ich es ihnen zugestehe.

Ich genieße die angsterfüllten Blicke auf meinem Haupt, während ich mir sage, dass es richtig ist, was ich tue. Es ist das einzig Richtige!

Nicht nur für Deutschland, sondern für alle Völker auf dieser Welt, welche nach Gottes Wunsche geschaffen sind. Ich bin ein Teil des großen Ganzen. Ein Teil der Ausrottung des Abschaums.

Nach kurzer Zeit sind die Ratten in ihren Löchern verschwunden und ich kann mich endlich all diesem Schmutz und Ungeziefer entziehen.

Vereinzelte Schlangen huschen noch über den Weg, verstecken sich aber blitzschnell, sobald sie mich erblicken.

Der Tag scheint wie ein ewig-tristes Ungeheuer, welches sich vor mir aufbaut und kein Entrinnen zulässt.

Ich sitze an Schriften an die Heimat, beantworte Briefe und arbeite mich durch Verwaltungsangelegenheiten. Abwechslung sind die schwarzhaarigen Schlangen, welche mich ab und an besuchen.

Aber auch dieser Gedanke muntert mich nicht im geringsten auf.

Erst als die Sonne am Horizont zu verschwinden beginnt, erfüllt mich Zufriedenheit. Erwartungsvoll steige ich in den auf mich wartenden Wagen und fahre los, vorbei an dem Torbogen, auf dem «Arbeit macht frei» in großen Buchstaben steht.

Nach kurzer Zeit erstreckt sich eine Reihe von Gestalten vor mir und vor Ihnen erstrecken sich große Löcher in dem trockenen Erdboden. Ich steige aus.

Den ganzen Tag über waren sie hier und haben gegraben. Ich frage mich, ob sie wissen, was ihnen bevorsteht oder ob sie schlichtweg sinnlos der, ihnen aufgetragenen Arbeit nachgehen, ohne zu hinterfragen, warum sie dies eigentlich tun.

Ich weiß es nicht und letztlich ist es auch nicht entscheidend. Wenn sie es wüssten und mich um Mitleid anflehten, würde ich dennoch keine Gnade walten lassen, da ich kein Mitleid mit ihnen empfinden kann.

Ich möchte, dass sie sterben. Ich möchte, dass sie alle sterben.

Dieser Satz in meinem Kopf reißt mich aus meinen Gedanken. Effizienz, Schnelligkeit, Fleiß: dies sind die Werte, nach welchen ich mich richte und welche mich mit Stolz erfüllen, dem deutschen Vaterland anzugehören.

Ich konzentriere mich wieder auf meine eigentliche Aufgabe und das Ziel, welches mich am Abend noch einmal aus dem Haus getrieben hat.

Der erste Schuss gebührt mir.

So ist es Tradition, eine Tradition, welche ich begonnen habe und die ich mit Stolz ausführe. Ich möchte wenigstens einmal am Tag die Genugtuung spüren, dass ich es in der Hand habe. Natürlich bin ich letztlich für all diese Auslöschungen verantwortlich, aber ein Leben mit eigenen Händen zu nehmen, ist etwas anderes. Ich fühle mich dabei stark und mächtig. Ich rufe mich ärgerlich zurück in die Realität, da ich erneut in meinen Gedanken versunken bin.

Mittlerweile ist es dunkler geworden und der Mond scheint als einziges Licht noch über uns zu leuchten. Ich sehe mich einen Moment in der Reihe um und dort, eine ältere Frau.

Sie starrt in den Himmel, fast lächelnd, geradezu überheblich, als wollte sie sagen: «Der Tod macht mir nichts!». Sie scheint geradezu sehnlich auf ihn zu warten, ihn zu erwarten. Diesen Gefallen tue ich ihr nicht!

Ich frage mich, was wohl in ihrem Kopf vor sich geht, als sie da so vor mir steht. Sie soll mich ansehen! Sie soll um ihr Leben betteln, damit ich es doch nehmen kann. Aber nichts davon geschieht und der friedliche Gesichtsausdruck auf ihrem Gesicht verschwindet auch nicht. Sie starrt in den Mond, als sei er ein guter alter Freund, welcher auf sie wacht und sie nicht verlässt.

Es ist fast so, als würde mich Neid oder wenigstens ein Anflug von Neid erfüllen, als ich sie dort stehen sehe.

Friede. Wie sehr wünsche ich mir auch endlich Frieden. Zuhause sein und all diesen Dreck und Schmutz hinter mir lassen. Der Neid wird erneut von Hass beiseite geschoben. Warum kann ich nicht zurück nach Deutschland? Warum kann ich keinen Frieden empfinden? Wegen ihnen. Wegen all diesen Gestalten, die vor mir stehen und denen die noch auf der Welt versteckt in Löchern sich verkriechen.

Mein Blick richtet sich wieder auf die Frau und ich wende mich voller Abscheu von ihr ab.

Da, neben ihr, ein Mann. Ich weiß nicht, was in seinem Kopf vor sich geht, ich weiß nicht, was er fühlt, aber ich möchte endlich weg von diesem Ort und diesem Jammer.

Also stelle ich mich vor ihn, ein Schuss, er fällt.

Unter dem Schein des Mondes drehe ich mich um und gehe.

Ein weiterer Tag im Dienst für das Vaterland und den Führer ist vorbei und einen weiteren Tag vorgerückt bin ich auf dem langen Weg zum Ziel.

Zufrieden steige ich in den Wagen und fahre los, vorbei an dem Torbogen, auf dem steht «Arbeit macht frei!».

Part II - aus der Sicht eines inhaftierten Juden

Laute Trillerpfeife, Gebrüll, Bellen: Ich erwache, was sage ich, ich schrecke auf. Ich schrecke auf aus einem unruhigen und von düsteren Träumen gequältem Schlaf.

Um mich herum ist es noch dunkel und meine Augen versuchen sich angestrengt an die Dunkelheit zu gewöhnen. Es sind nur wenige Sekunden, in denen ich von nichts als Schwärze umgeben bin und nur wenige Momente, in denen ich aufatmen kann. Keine Verzweiflung in den Gesichtern anderer, kein Schmerz, kein Tod, einfach nur Dunkelheit.

Ich erinnere mich, wie ich als kleiner Junge nachts wimmernd in meinem Bettchen lag und mir nichts sehnlicher wünschte, als dass die bedrohliche Nacht endlich schwinde, aber nun danke ich ihr von ganzem Herzen für diesen Augenblick der Erholung.

Zu früh schwindet das Nichts und gibt den Blick frei auf hunderte von Menschen. Du würdest wohl Schwierigkeiten haben, all diese erbärmlichen Gestalten als Menschen zu bezeichnen und verübeln könnten sie es dir wohl alle nicht.

Der Tod zeichnet sie, er zeichnet uns alle. Fetzen hängen an unseren Skeletten herab, aber... ich werde aus meinen Gedanken gerissen, weil erneut der ohrenbetäubende Schrei einer Trillerpfeife ertönt.

4 Uhr, 5 Uhr, 6 Uhr? Ich weiß es nicht. Zitternd greife ich unter meine aus Stroh bestehende Matratze und taste nach einem Leinentuch.

Leer... es ist leer... es ist nicht so, als hätte ich etwas anderes erwartet, aber der Hoffnungsschimmer, welchen ich dennoch in mir trug, erlischt schlagartig unter der drückenden Last der Enttäuschung.

Mit all den anderen trete ich vor die Baracke und das morgendliche Ritual beginnt.

Es ist ein allzu abstruses Bild, welches sich nun abzeichnet. Das Lagerorchester stimmt Melodien an, welche nicht zarter und friedlicher hätten sein können. Wenn ich es nicht besser wüsste, würde ich vermuten, dass eine Mutter für ihr Kind musiziert, aber ich weiß es besser und dieses Wissen lässt mich die Töne verabscheuen, welche ich jeden Morgen gezwungen werde zu ertragen. Ich hasse sie, weil jeder einzelne Ton, jede angestimmte Melodie mir persönliches Leid antut, welches mich jeden Tag aufs neue vor Augen führt, wie sehr ich Musik einst liebte und wie sehr mich dieser Ort verändert hat!

Es bilden sich Reihen und wir werden gezählt. Was eine Zeitverschwendung das doch eigentlich ist. Wo sollten wir auch hin? Jeder

der bei der Zählung fehlt, ist tot und Tote kann man schließlich nicht mehr fürs nicht Erscheinen bestrafen.

Eine braune Brühe wird ausgeteilt. Es ist das Einzige, was wir den Tag über in den Magen bekommen werden und der Gedanke daran, lässt mich den Abend ersehnen.

Unter den argwöhnischen Blicken der Deutschen gehen wir los, vorbei an dem Torbogen. «Arbeit macht frei» steht dort in großen Buchstaben. Vor Monaten noch erfüllte mich dieser Satz mit Hass, aber mittlerweile ist da nichts mehr während ich mit einem Spaten in der Hand stur geradeaus weiter gehe.

Plötzlich stoppen wir und ich beginne wie mechanisch den Spaten in die harte Erde zu rammen und auch um mich herum höre ich den Aufprall des Metalls der Spaten auf der Erde.

Normalerweise arbeite ich hier im Lager in einer Fabrik, eine eintönige Arbeit ohne jegliche Pausen und in einer düsteren und feuchten Halle. Es hätte mich aber weitaus schlimmer erwischen können, wenn ich an all die bemitleidenswerten Geschöpfe im Steinbruch denke.

Aber heute blieb ich zurück, während einer nach dem anderen von den Arbeitern, mit welchen ich sonst immer in der Fabrik arbeite, aufgerufen wurden.

Heute gehörte ich zu der letzten aufgerufenen Gruppe.

Die letzte Gruppe… die letzte Gruppe ist die, bei der keiner wirklich weiß, wohin sich die armen Gestalte mit den Spaten aufmachen und es ist die Gruppe, bei der doch jeder ahnt, wohin sie geht.

Unter den anderen Inhaftierten, welche nun neben mir die Spaten in die Erde stoßen, blicke ich in Gesichter, welche nicht unterschiedlicher hätten sein können.

Doch eine Gemeinsamkeit spiegelt sich in den meisten Gesicht wieder. Furcht. Furcht zeigt sich als eisige Erbarmungslosigkeit und scheint unaufhaltsam größer zu werden.

Aber zwischen all diesem Schrecken sehe ich ein Gesicht, welches anders ist. Ein Gesicht, welches mir Hoffnung schenken würde, wenn wir nicht in der Welt lebten, in der wir leben. Ein Gesicht, welches nicht natürlicher sein könnte. Ein Gesicht, welches lächelt.

Ich kann mich nicht an meine Geburt erinnern, denn wer kann das schon, aber ich bin mir sicher, dass das erste Gesicht, welches ich je gesehen habe das glücklich lächelnde meiner Mutter war. Jeden schönen Tag meines Lebens verbinde ich mit einem Lächeln. Aber hier zwischen all dem unendlichen Leid ein Lächeln, welches kaum mehr Frieden ausstrahlen könnte?!

Ich spüre einen Stich in meinem Herzen, denn dort, wo Furcht, Angst und Hass ist, scheint auch ein Wille zu kämpfen zu sein, die Entschlossenheit, nicht aufzugeben. Aber Friede?! Friede wirkt hier einfach nur falsch, wie eine Akzeptanz, eine Hinnahme des Todes. Ich möchte in dieses verfluchte Gesicht schreien, dass es aufwachen soll und kämpfen. Gib dich, gib uns doch nicht einfach auf!

Aber stattdessen bleibe ich stumm und hänge meinen Gedanken weiter nach und je tiefer ich in das Erdreich vordringe, desto schwerer lastet die Bürde der Verzweiflung auf mir.

Ich kann mich nicht erinnern, wie lang ich schon an diesem Ort bin, aber während all der Zeit gab es nur eine Konstante und das war die allgegenwärtige Präsenz des Todes.

Und dennoch merke ich gerade, wie wenig ich mich eigentlich mit dem Tod beschäftigt habe. Ich sehe angsterfüllt, wie die Sonne immer weiter am Horizont verschwindet und möchte sie aufhalten, anbrüllen nicht unterzugehen, aber sie zeigt keine Gnade und wendet sich von mir ab. Ich werde ruhiger. Um mich herum wird es ruhiger. Wie von einer fremden Hand geleitet, lege ich meinen Spaten zur Seite.

Ich stelle mich vor mein Grab, meinen Ruheort und schaue in den sternenklaren Himmel.

Sieh! Dort! Der Mond! Er wird bei mir bleiben, wie ein alter Freund, der mich nicht verlässt.

Ich schließe die Augen, ein Schuss. Friede!

Part III aus Sicht einer inhaftierten Jüdin

Laute Trillerpfeife, Gebrüll, Bellen: Ich erwache, was sage ich, ich schrecke auf. Ich schrecke auf aus einem unruhigen und von düsteren Träumen gequältem Schlaf.

Mich umgibt trostlose Dunkelheit, als ich meine Augen öffne und versuche mich in dieser kühlen und feuchten Umgebung zurechtzufinden.

Ich brauche einen Moment, bis ich weiß wo ich bin und was vor sich geht. Mein Name ist Lea Blumberg, geboren 1876 in Frankfurt, Jüdin. Mehr weiß hier kaum eine Menschenseele über mich und mehr muss man auch nicht über mich wissen. Je mehr ich über eine Person weiß, desto wichtiger wird sie mir möglicherweise und ich habe die Erfahrung gemacht, dass Bindungen in all diesem Schrecken letztlich nur noch mehr Schmerz verursachen.

Ich erhebe mich langsam und stehe auf, wobei ich jeden Muskel in meinem Körper spüre, der erbarmungslos auf sich aufmerksam macht. Dennoch bemühe ich mich aufrechten Schrittes auf den großen Platz zu gehen, auf welchem sich bereits eine Menschenmenge angesammelt hat.

An diesem Ort hat man es geschafft, uns alles zu nehmen: Besitz, Familie, Freunde, sogar unserer Haare wurden wir beraubt. Aber eine Sache ist geblieben, um die ich tagtäglich kämpfe und dies ist mein Stolz, das einzige was ich mir nicht nehmen lasse.

Meine Aufmerksamkeit richtet sich wieder auf das Treiben vor mir. Eine bräunliche Brühe wird ausgegeben, welche uns als Nahrung für den Tag dienen soll. Im Anschluss beginnen die Wärter uns für die Arbeit einzuteilen. Ich bin immer in der dritten Gruppe, die aufgerufen wird. Ich muss in einer der Fabriken arbeiten, wie die meisten Frauen.

Die erste Gruppe wird aufgerufen und macht sich mit schweren Schritten auf den Weg zum Steinbruch. Viele von ihnen werden heute Abend nicht zurückkehren, dies ist mir schon jetzt bewusst. Aus dem Steinbruch kommen immer viele der Männer nicht zurück. Es wundert mich nicht, denn wie sollen diese abgemergelten Körper in der Lage sein vom Anbruch des Morgens bis in den späten Abend Schwerstarbeit zu verrichten?! Eine gewisse Melancholie überkommt mich, als ich die Figuren so davonstapfen sehe.

Nun beginnt auch die zweite Gruppe aufzubrechen. Sie sind für den Straßenbau zuständig.

Nun die dritte Gruppe. Ich höre kaum bewusst zu, als die Namen angefangen werden aufgerufen zu werden, die mir so bekannt sind und die Personen hinter den Namen dennoch so unbekannt.

Ich stocke. Rosenthal. Der Name Rosenthal wird genannt. Ich hätte schon längst aufgerufen gehört, aber ich wurde es nicht. Ich habe für einen Moment das Gefühl der Boden würde mir unter den Füßen weggezogen und ich ringe um Fassung.

Ich bin schon lange hier, an diesem Ort, in dieser Hölle. Ich weiß, was es bedeutet nicht aufgerufen zu werden. Man verschwindet, leise, fast unbemerkt und ohne jegliche Erklärung.

Ich weiß was es bedeutet zu verschwinden. Manche erzählen sich, dass man freikäme, eine bessere Arbeit bekäme, aber ich weiß, dass das falsch ist.

Dies ist eines der Märchen, welches ich als Kind hörte, wenn ich Angst vor etwas bekam und meine Mutter mich zu beruhigen versuchte. Dies ist eines der Märchen, das ich meinen eigenen Kindern erzählte, als die Bomben 1917 auf uns herunterprasselten. Alles wird gut. Es ist nichts schlimmes. Die Zukunft ist besser und heller.

Aber ich habe mich davon abgewandt auf Märchen zu vertrauen, seien sie noch so schön und hoffnungsvoll.

Ich weiß was mich erwartet und ich weiß, dass es kein Entrinnen aus dem Schicksal gibt, welches für uns entschieden wird.

Wir marschieren los, vorbei an dem Torbogen auf dem in großer Schrift «Arbeit macht frei!» geschrieben steht.

Den restlichen Tag schaufeln wir uns im wahrsten Sinne des Wortes unser eigenes Grab. Mir fällt die Ironie in dieser Tatsache auf und ich muss fast schmunzeln.

Ich weiß nicht ob ich erleichtert bin oder ob ich unter Schock stehe. Vielleicht auch beides.

Am Abend ist es soweit, es kommt ein Auto und der Wolf des Lagers, wie ich ihn nenne, steigt aus.

Ich stelle mich vor mein Grab und hebe meinen Kopf zum Himmel.

Es ist soweit. Ich bin frei. Lächelnd hebe ich meinen Kopf zum Himmel. Ein Schuss ertönt, ein dumpfer Aufprall zu meiner Linken, Geschrei und Weinen bricht aus. Ich verharre weiter ruhig an meinem Platz, bis auch ich einen Schatten hinter mir sehe. Ein Schuss. Friede!

RACCONTO SUL POEMA *TODESFUGE*

SAHRA WASSNER

Rinarrazione del racconto di Francesca Possamai

Grida, Fischi, suoni indistinti. La sveglia per qualcuno, la buona notte per me. Tramonto all'orizzonte, silenziosa. La notte è chiara dove il giorno è grigio e nemmeno i raggi del Sole hanno pietà di questo posto. Sorge il giorno senza che mai la luce arrivi, tutto è nebbia, fumo, odio e dolore.

Nella città di filo spinato la dolce quiete della notte è brutalmente interrotta dal rumore. Esse sono abitate da due specie di esseri: i prigionieri e le guardie, la carne da macello ed i macellai. Per entrambi è però ora di alzarsi ed abbandonare i piaceri notturni per accogliere le fatiche del giorno.

I prigionieri sobbalzano all'udire la sirena: il suo suono li spaventa ogni volta come il primo giorno, come la prima sveglia al campo. Una prima volta che, però, nessuno ricorda. Sono immersi in questo circolo dove il tempo non ha più valore: niente orologi, solo sirene che impongono di andare a dormire o di svegliarsi, obbligati come animali. Quel rumore ha il sapore dei fumi della fabbrica, del brodo di verdure marroni, del freddo della Polonia. E' il rumore del tormento.

L'oscurità è una fedele compagna in questo inferno: scandisce l'unico riposo concesso, le sole ore nelle quali le ossa indolenzite possono cercare sollievo nella durezza di una branda di legno, nelle quali si può dimenticare dimenticare per un momento, nell'ignoranza di un sonno senza sogni, una realtà troppo desolante per essere guardata in faccia senza un po' morire dentro. L'infantile paura del buio è solo un nostalgico ricordo: non esistono più le lacrime perché la tenebra se ne vada, ma perché rimanga.

Il regalo della notte è potersi ricordare chi si è, l'unico momento della giornata in cui si può tornare ad essere Lea Blumberg, nata a Francoforte nel 1876, invece che semplicemente, per non dire miseramente, 175889. Durante il giorno a cosa le servirebbe un nome, un'identità?

A provocare un ulteriore, profondo dolore per tutto ciò che Lea era e non è più, per tutto quello che aveva e non ha più, per i legami dissolti e gli amici perduti. Durante il giorno conviene essere un numero senza emozioni, un corpo senz'anima, un'unica, indistinta, macchia bianca e azzurra.

Nell'alzarsi ogni muscolo duole cercando di ottenere l'attenzione del suo possessore, senza pietà. Il desiderio di camminare eretti è, però, più forte di ogni dolore: sono stati derubati delle loro proprietà, dei loro affetti, della loro identità ma nulla mai potrebbe privarli del loro orgoglio. Piegarsi vorrebbe dire dimostrarsi arresi, vinti. No,non possono permettere che questo accada, allora cercano di allungare i loro passi stanchi di un centimetro per farli apparire meno difficili.

Quel fiume di ossa indolenzite si raduna al centro del cortile per dare inizio alla giornata con la prima procedura che sa di beffa: la conta. Chi potrebbe mai mancare? Come si potrebbe fuggire? Fuggire vorrebbe dire dover scegliere tra un colpo di fucile delle guardie al cancello e la corsa disperata contro il filo spinato. Che colpa ne avrebbero poi, una volta morti, di non essere presenti?

La conta serve per ricordargli cosa sono la dentro, per ricordargli che non c'è spazio per altro che meccanici numeri: se lavori, e lavori bene, sarai presente anche alla conta di domani. Sennò sarai solo una linea nella lista.

Ad osservare quella moltitudine di volti disegnati dalla morte si trova il predatore, il comandante del campo. Non c'è un trattamento di riguardo per il suo risveglio: come i prigionieri anche lui apre gli occhi a ritmo di grida e fischi, costretto ad abbandonare la serenità della notte. Apre i balconi della sua abitazione ogni mattina sperando di vedere attraverso le grate un grande prato fiorito, nella deludente certezza che ad attenderlo non c'è altro che terra nuda. Mi vede lontana all'orizzonte e desidererebbe poter fare come me e scomparire dietro le montagne, al sorgere dell'alba. Invece è costretto a muoversi verso il cortile come tutti quegli ammassi informi di pelle e ossa. Vorrebbe poter provare compassione per loro, vorrebbe poterli vedere come persone buone ed innocenti ma niente riesce a sostituire l'odio. Gli è stata affidata una missione: purificare la Germania da tutta la sporcizia che la indebolisce, per renderla pura, per il bene del mondo ed il futuro dei suoi figli. Per raggiungere questo nobile fine è però necessario che lui, rinchiuso tra quelle mura di filo spinato, sia sottoposto ad una tortura assimilabile a quella dei suoi prigionieri,costretto ogni mattina ad abbandonare la sua Margarethe e la sua Germania nel mondo dei sogni per sostituirle con la fanghiglia del giorno senza alba e l'orrore di quei topi. Come poteva provare compassione? Era loro la colpa.

Magari non avevano commesso alcun crimine contro la razza pura ma, sicuramente, erano colpevoli nei suoi confronti, per costringerlo a questa tristezza senza fine.

Il rancore lo convince ogni giorno di più che non dovevano nemmeno essere ritenute persone e quindi come tali dovevano essere trattate.- Tutto in loro era menzogna, inganno, raggiro. Quello che sembrava dolore nei loro volti era in realtà la maschera dei loro misfatti.

Ma del resto lui stesso non era più un uomo, bensì un'arma, una macchina di sterminio: nessuna emozione, un unico obiettivo da raggiungere.«Efficienza, rapidità, diligenza» questi ordini frullano continuamente nella sua testa correggendo ogni sua mossa.

Si sentono ora i numeri che vengono chiamati per le fabbriche ed un gruppo alla volta si allontana dalla piazza. L'orchestra dei cuscinetti e dei rulli produce una melodia di suoni che, nella loro incosciente dolcezza, ricordano a coloro i quali avevano amato la musica che non c'è più spazio per canzoni gioiose e ninnananne: meglio tapparsi le orecchie e non sentire niente piuttosto che udire quelle grida metalliche.

Rimane solo un ultimo piccolo assembramento confuso che non capisce perché non sia stato convocato alla sua solita occupazione. Lo scompiglio è sostituito in fretta dalla consapevolezza di un destino conosciuto, ma ci vorrà tutta la giornata per la sua accettazione. Vengono caricati di una vanga e scortati sotto l'attento sguardo delle guardie fuori dal campo.

Passando sotto l'arco con la scritta «Arbeit macht frei» ad alcuni sfugge una risata amara, carica di lacrime gelate in un cuore troppo stanco per odiare. Non c'è solo derisione in quella frase, c'è l'essenza del campo: annullare la persona prima di eliminarla. Niente più virtù, solo esseri bruti che conficcano meccanicamente la pala nella terra ghiacciata. Non ha importanza se eri ebreo, comunista, italiano o austiaco: per tutti quella scritta voleva dire morte.

Questo il capitano lo capisce bene mentre, nel suo ufficio, analizza l'andamento del lavoro. Può tenere traccia di quanti entrano ogni giorno nel suo regno, di quanti sono gli attuali presenti e decidere quanti saranno domani. Basta un ordine ed i numeri cambiano. L'eliminazione procede bene; Dovrebbe gioire nella soddisfazione per la buona riuscita della sua missione ma non ci riesce: vorrebbe solo che il tempo passasse più velocemente. Lì in quell'ufficio si sente oppresso e rinchiuso, consapevole, forse, di essere anche lui schiavo di quel sistema. Nessun numero, nessuna notizia può renderlo felice se poi, guardando fuori dalla finestra, vedeva il cielo grigio. Nemmeno la consapevolezza di essere onnipotente lo sazia: vorrebbe di più, vorrebbe la libertà, vorrebbe la pace. Perché non riesce a trovarle?

Il giorno non ha nemmeno un granello di felicità da donare a nessuno ma, come sempre, giunge il tramonto. La poca luce si affievolisce creando un gioco di ombre nella nebbia che dona un po' di colore a questo nuovo inizio. Comincio a risalire nel mio trono di stelle mentre sotto di me i lavoratori tornano alle baracche, desiderosi di qualcosa per riempire i loro stomaci.

Basta carte, basta numeri, basta pensieri: tutti si ritirano ed il guardiano si prepara ad uscire. Il solo pensiero del suo dovere serale lo rende molto più entusiasta di qualunque informazione ottenuta nel suo ufficio. E' ora di salire in macchina ed uscire dal campo: la sua ora d'aria all'esterno di quei cancelli soffocanti può avere inizio. Per tutto il giorno aveva consumato le sue vittime lentamente col cibo scarso, il lavoro duro e gli stracci insufficienti per proteggersi dal gelo. Ora deve concludere l'opera, senza più nasconder l'omicidio dietro altre scuse.

Passando per i cancelli legge l'abominevole scritta: sembra chiedergli« e tu, sei libero?»

Sente la collera salire fino al cuore come un veleno, sapendo che la risposta sarebbe no. Allora accelera per raggiungere il prima possibile il piccolo gruppo di serpenti neri che lo attendono non molto distanti. Sono come un gregge di pecore tenuto insieme dai cani da guardia, con l'unica differenza che non le proteggono quando arriva il lupo rabbioso del campo.

Erano rimasti lì tutto il giorno a scavare e lui si chiede se sappiano cosa li attende oppure se stessero semplicemente svolgendo un lavoro inutile senza importanza perché non sono in grado di capire, perché non sarebbero stati buoni a nulla se lui non gli avesse dato un lavoro da svolgere.

Non aveva importanza, voleva solo che, rendendosi conto, lo guardassero pregando di essere risparmiati. Voleva vedere nei loro occhi la consapevolezza di essere lui il più forte, di essere libero di prendere una vita con le proprie mani.

Loro però sanno, hanno capito dal principio e nella consapevolezza hanno consumato le loro ultime fatiche nel prepararsi un letto dignitoso per il loro eterno riposo. Pensare di essere graziati sarebbe una favola che non trova posto in un luogo come quello. Le storie le raccontavano ai bambini prima di andare a dormire o per farli smettere di piangere quando le bombe colpirono le loro case. Per quanto irreali e sciocche siano le fiabe esse portano con loro una speranza che non ha senso dove non c'è gioia.

All'arrivo della macchina è la paura a prendere il sopravvento: quei volti già segnati dalla fine che si stava avvicinando iniziano a storpiarsi di orrore man mano che il momento si dipinge imminente.

In quel clima di angoscia scorgo, stranamente, un'anima serena: una donna che, a un passo dall'abisso, sta sorridendo mentre guarda verso di me. Nei suoi occhi non c'è un'ombra di paura, nessuno sgomento, solo una profonda pace. Non era ingenuità la sua, si capiva, era la certezza nelle fede, la sicurezza che in poco tempo non ci sarebbe più stata la fame, la sete, la fatica e la sofferenza ma solo l'eterna quiete. Era il desiderio della morte.

Alcuni tra i suoi compagni, poco dopo me, si accorgono di questo inaspettato sorriso che, dopo averli sconcertati inizialmente, li riempie di conforto e sicurezza. Gli stessi che poco prima volevano gridare al sole di fermarsi, di non andarsene, ora alzano gli occhi verso la mia luce che, opaca e delicata, li accompagnerà come un amico che nel momento del bisogno ti prende la mano. Percepiscono un pizzico nel mio cuore vedendo che dove c'è paura, paura e odio, sembra esserci la volontà di lottare, la determinazione di non arrendersi, la pace. La pace? La pace qui sembra semplicemente falsa, come l'accettazione.

Vorrebbero gridare di non arrendersi, ma non capiscono che la sua pace non è resa, è vittoria.

Il capitano intento è sceso dalla macchina ed ha iniziato il suo giro di ricognizione tra i prigionieri. Era tradizione che il primo colpo di pistola fosse suo e doveva scegliere accuratamente che vita prendere, mentre nella sua testa si ripete che vuole vederli morire tutti, per la sua patria ed i suoi valori. Si sente forte e non prova nemmeno a nasconderlo: vedere quegli sguardi terrorizzati gli dà una carica inspiegabile che lo fa sentire incredibilmente vivo in mezzo a tutta quella morte.

Ben presto questa sua onnipotenza si spegne posando lo sguardo sulla donna sorridente. Lo sguardo di quella donna riflette un'armonia che non può esistere. E' tutto il contrario di quello che vuole raggiungere: vuole che preghi per la sua vita, che sia terrorizzata, vuole vedere lacrime.

Lei invece nel suo sorriso pacifico le sta dicendo che la morte non le fa niente, anzi, che la aspetta. Ora è l'invidia che lo assale, per una pace che lui non riesce a trovare.

Perché non può essere in Germania? Perché non trova la pace? E' colpa loro!

Se potesse proverebbe a spostare anche me pur di toglierle quel sorriso dal suo volto.

Vuole solo andarsene, ora, allontanarsi da quella visione, da quelle domande, da quel dolore. Si volta e vede un'uomo che, con la testa china e gli occhi spalancati, fissa la sua tomba.

Un colpo, la fine.

Risale in macchina e si allontana mentre gli altri finiscono il lavoro. La donna cade come tutti gli altri e giace, tra la polvere, con la leggerezza in volto di chi è riuscito a continuare a sperare nella sofferenza.

Ha dimostrato ai suoi persecutori che a trionfare non è la razza più forte ma chi, anche davanti alla morte, decide sempre e comunque di amare la vita.

Con un sorriso, li ha vinti tutti.

LA REALTÀ NEGLI SGUARDI
FRANCESCA POSSAMAI

Arriva un momento della vita in cui ognuno inizia a porsi degli obiettivi, una volta raggiunto un livello di consapevolezza di sé sufficiente per cominciare a pensare al proprio futuro. Ecco, io mi irritavo parecchio quando, i primi anni delle superiori, tutti i professori continuavano a chiedermi cosa avessi voluto fare dopo la scuola, perché essenzialmente non ne avevo alcuna idea e questo mi pesava enormemente. Alla fine però anche io ho iniziato a fare quadrare le cose e, seppur andando ad esclusione, ho scelto l'università che volevo frequentare, rendendo la laurea la meta a cui volevo giungere. Adesso sono qui, seduta su di una sedia rivestita di velluto, dopo aver concluso ,con grande soddisfazione, la discussione della mia tesi, nell'attesa che tocchi alla mia migliore amica. Con tutta la paura che avevo di non riuscire mai a raggiungere questo mio obiettivo, lei è stata un importante spiraglio di luce, anche nei momenti più bui. Per me è inimmaginabile pensare come gli altri facciano a sopravvivere a cinque anni di pazzo studio senza avere qualcuno come lei al proprio fianco e per questo mi sento immensamente fortunata.

Vedo i professori alzarsi, è ora. Entra dalla porta laterale con la sua tesi stampata in mano, rilegata in un'elegante copertina rossa. Guarda in basso mentre cammina, come suo solito ,ma prima di sedersi, si gira e cerca il mio sguardo. Rivedo nell'agitazione dei suoi occhi la stessa luce che mi ha attirata verso di lei la prima volta e non posso fare a meno di ricordare di quel giorno. È una bella storia, se vorrete ascoltarla.

I mezzi pubblici sono uno dei posti misteriosi dall'altissimo potenziale che però nessuno mai nota: andare a prendere l'autobus oppure la metro vuol dire accettare di vivere un'avventura e di non sapere chi potresti trovare o casa ti potrebbe capitare. Immaginate la moltitudine di persone che ogni giorno si incrociano mentre, frettolosi, scendono i gradini della metro per cercare di raggiungere la propria linea, e quella ressa che poi si ritrova all'interno del vagone. Uomini d'affari con la 24 ore al seguito, donne che si trascinano dietro un ingombrante passeggino mentre cercano di calmare il figlio in lacrime, ragazzi disinteressati con le cuffie all'orecchio e la musica ad un volume tale da renderla udibile a tutti. Persone che non si conoscono e non sono interessate al confronto, con il solo intento ti giungere il prima possibile alla loro fermata e sgusciare via inosservati, senza considerare la possibilità di condividere qualcosa con i loro compagni di viaggio. E' inimmaginabile e pauroso per qualcuno che, come me , ha sempre vissuto in un piccolo paesino di provincia dove tutti si conoscono, trovarsi davanti a questa realtà: sono sempre stata abituata a non poter nemmeno uscire di casa senza incontrare qualcuno con cui scambiare qualche parola e magari, perché no, un pettegolezzo, mentre adesso mi ritrovo rinchiusa in un luogo con centinaia di altre persone più o meno interessanti che tengono tutto per sè. L'unica cosa che si può fare ,per spezzare il silenzio creatosi con il vecchietto che ti sta a fianco, quando diventa troppo pesante, è fare un banale commento sul meteo, nella consapevolezza che la presenza o meno di pioggia ti è indifferente, dalle gallerie sotterranee della metro. Poi si torna a fissare il vuoto finché non è ora di scendere.

A quanto pare i mezzi pubblici sono da aggiungere alla lista degli aspetti negativi di iscriversi all'università, insieme con l'insostenibile mole di studio e il distacco con tutto ciò che per i primi vent'anni della tua vita è stato quotidianità. Alla fine però ci avevo fatto l'abitudine e i mezzi pubblici erano diventati uno dei miei posti preferiti: non avevo più la panchina sul colle assolato dove andare per lasciare i miei pensieri viaggiare liberi e quindi la metro era diventata il mio nuovo posto preferito dove recarmi quando la pressione diventava insostenibile. Più di una volta mi era capitato di sentirmi così schiacciata da tutto il contesto da uscire dall'appartamento di corsa, senza nemmeno avvisare le coinquiline della mia assenza a cena, di afferrare distratta la borsa sapendo che non mi sarebbe servita, dirigermi verso la metro e salire nella prima linea che mi si fosse aperta davanti. Una volta trovato un posto dove sedere rimanevo lì, consapevole che, se anche avessi deciso di restare per il tempo necessario a fare quattro volte il giro della città, nessuno si sarebbe meravigliato della mia presenza. Era come essere soli, ma non in solitudine. Dove a casa mi sfogavo fissando il punto di contatto tra montagne e cielo, in città concentravo tutta la mia attenzione sulle più disparate persone che mi circondano, trovando nel loro modo di fare e di vestire, l'appoggio per liberare la testa e non lasciare le preoccupazioni prendere il sopravvento. C'era qualcosa di magico nel rendere quello che per tutti è il fastidioso rumore della metro, sottofondo per un'approfondito esame di coscienza. Quando poi mi sentivo alleggerita, semplicemente scendevo ed ero di nuovo pronta ad affrontare il mondo.

Ero al primo anno di università e vivevo in un appartamento in compagnia di tre simpatiche coinquiline, tutte universitarie come me. Quando mi ero messa alla ricerca di un posto dover poter vivere i seguenti anni, la mia unica pretesa era di finire da qualche parte dove fossi sicura di non conoscere assolutamente nessuno, e alla fine la mia scelta era ricaduta su quel piccolo appartamento, semplicemente perché l'anziana proprietaria era stata talmente convincente nella sua presentazione come di un angolo di paradiso che non ero riuscita a dirle di no. In fin dei conti però era stata una buona scelta: il complesso si trovava in una zona tranquilla, occupata specialmente da famiglie e pensionati, così diverso dai quartieri studenteschi dove la parola«notte» perde completamente significato. Le ragazze con cui abitavo erano simpatiche e rispettose dei miei spazi, quindi mi sembrava di non poter chiedere di più. Purtroppo però la sede della mia facoltà si trovava a circa cinque chilometri, percorso non impossibile da compiere in bicicletta, se non fosse che se c'è una cosa che detesto sono proprio i mezzi a due ruote e che avrei dovuto compiere l'intero tragitto su strada, rischiando la vita, oppure attraversando zone conosciute per essere sede di attività illecite. Quindi la metro era ormai assodata come mezzo di andata e ritorno ogni giorno, anche più volte al giorno. Ho visto talmente tante persone nel tempo interminabile che volontariamente ed involontariamente ci passavo, che non mi stupivo nemmeno più di tutte le stranezze e particolarità che vi si possono trovare.

Un giorno però mi è capitata sotto gli occhi una persona che non ho potuto fare a meno di notare.

Ho sempre tenuto molto alla puntualità ma, allo stesso tempo, dipendo totalmente dalla sveglia che a volte decide di non suonare e quella mattina era una di queste. Ero quindi uscita di casa in ritardo ed ero arrivata in metro appena in tempo per salire un secondo prima che le porte si chiudessero, senza aver avuto nemmeno il tempo di pettinarmi e di assicurarmi che ci fosse tutto nello zainetto che mi portavo a lezione che, fortunatamente, era sempre pronto. Proprio per questa serie di sfortunati eventi appena ero riuscita a trovare un piccolo spazio dove sedermi avevo preso il cellulare dalla tasca e, usandolo come specchio, stavo cercando di rendermi presentabile. Nel disperato tentativo di sistemare un ciocca ribelle, in assenza di un pettine, il mio occhio si è posato su qualcosa che ha colpito la mia attenzione: davanti a me sedeva una ragazza dai capelli bruni, corti e ricci, che indossava una buffa salopette verde ed un largo maglione aperto. A parte l'abbigliamento fuori dal comune, il suo aspetto non aveva nulla di particolare, ma la cosa curiosa era che si trovava china a scrivere su di una agenda rossa. Non era la prima persona che vedevo impegnata nella scrittura in situazioni improbabili, ma ad avermi incuriosito è stata la luce misteriosa che ho scorto nei suoi occhi in quell'attento e fugace sguardo che si è posato un secondo su di me, prima che riabbassasse gli occhi accorgendosi che la stavo guardando a sua volta. Era stato come un rivolo ghiacciato che scende lungo la spina dorsale, una sensazione che non mi è più capitato di sentire. Negli anni a venire mi sono sempre più convinta che quella fosse la sensazione che si prova quando di incontra qualcuno che finirà per cambiarti la vita.

Fatto sta che ho smesso di pensare alle lezioni per quel giorno. La mia mente era interamente occupata dal desiderio di scoprire qualcosa di più sulla creatura che si trovava di fronte a me. Proprio mentre cercavo il modo per avvicinarmi a lei senza sembrare inopportuna, la metro si è fermata e la ragazza è scesa, senza nemmeno alzare la testa dall'agenda. Solo dopo, ripensandoci, mi sono chiesta come abbia fatto ad uscire dalla porta senza urtare nessuna delle tante persone che la circondavano. Naturalmente non ci ho riflettuto troppo e sono scesa anche io. Appena il tempo di mettere piede sulla pensilina che, guardandomi attorno per vedere dove fosse, sono riuscita a scorgerla mentre saliva le scale che portavano all'uscita, sempre con la testa abbassata e intenta a scrivere. Si muoveva in modo estremamente rapido, tanto che dovetti farmi spazio a gomitate tra i passanti per riuscire a starle dietro. I miei tentativi andarono a buon fine, perché sono uscita dalla fermata appena in tempo per vederla dall'altra parte della strada, questa volta ritta, con l'agenda chiusa in mano, che guardava nuovamente verso di me. Capii subito dal modo in cui accennò un sorriso che mi stava aspettando. Per me è stato come un invito ad andarle incontro e, senza alcuno sforzo di memoria particolare, posso ancora ricordare cosa mi disse e con che intonazione:

»Sapevo che mi avresti seguita«

Probabilmente se me l'avesse detto qualcun altro ed in un contesto diverso mi avrebbe spaventato parecchio questo incipit, ma in quel momento non c'era niente di più azzeccato. In una frase di cinque parole aveva fatto un'introduzione di sé stessa che tanti non riescono a fare nemmeno in un libro: era una persona diversa da tutte le altre. Non sapendo cosa risponderle l'ho invitata a bere un caffè e proprio in questa semplicità è iniziata la nostra amicizia. Tra noi c'è stata dall'inizio quella naturalezza delle persone che si conoscono da sempre, parlavamo senza bisogno di cercare nuovi argomenti e senza quei silenzi che rendono imbarazzante i primi incontri. Alla fine siamo rimaste tutto il giorno sedute al tavolino dello stesso bar, parlando di noi, dei nostri sogni, delle nostre ambizioni e delle nostre paure. È bastata una chiacchierata per passare da sconosciute ad amiche. In quel pomeriggio non ha fatto altro che confermarmi tutto quello che avevo già capito dalla prima frase: era la persona più acuta che avessi mai incontrato, uno di quei rari soggetti che non si fermano all'apparenza ma scavano a fondo per poter ottenere da ognuno tutto quello che possono offrirgli. Anche lei era un'universitaria al primo anno, studiava letteratura moderna per poter diventare una giornalista. Non avevo ancora letto niente di suo eppure si capiva ,dal suo essere un'attenta osservatrice, che aveva la stoffa per quel mestiere. Quando mi decisi a chiederle come avesse fatto a capire che l'avrei seguita, lei con naturalezza, come fosse la cosa più normale del mondo, mi rispose che me l'aveva visto negli occhi. Avrei compreso poi col tempo che, come aveva capito da quello sguardo durato un secondo che ci eravamo scambiate in metro che io, qualsiasi cosa lei avesse fatto, l'avrei seguita, così riusciva ad interpretare i pensieri delle persone solo guardandole negli occhi. Non sapeva nemmeno lei spiegarsi come, le veniva naturale e non sbagliava mai. Ma quello che è stato poi il tocco finale per legarci indissolubilmente è stato scoprire che, come me, lei passava molto più tempo di quanto fosse necessario sulla metro, l'unico posto dove poteva osservare le persone senza che nessuno se ne accorgesse.

Credo non serva specificare che dopo quel pomeriggio abbiamo continuato a trovarci, ad aspettarci sulla metro, ad avvicinarci fino a diventare inseparabili. A fine primo anno una delle mie coinquiline si è laureata e lei ha preso il suo posto nell'appartamento. Vivere nella stessa casa voleva dire che tutti i momenti di pazzia quando lo studio diventava troppo e tutte le gioie del post esame erano condivise, finendo per rendere la mia esperienza parte di quella di qualcun altro. Vivere con lei era come avere una dinamo pronta a condividere la sua carica di energia interminabile che lasciava nell'ambiente in cui era atmosfera di serenità. A volte, dopo un'intera giornata passata a lezione, ci trovavamo da qualche parte con l'intenzione di uscire per poi guardarci e decidere, di comune accordo, che forse era meglio rimandare e optare per una serata di relax. So che la mia esperienza universitaria non sarebbe stato la stessa se non avessi avuto al mio fianco qualcuno che, come lei, era in grado di capirmi al volo e che, senza bisogno di dire niente già sapeva tutto. Grazie a lei ho iniziato a capire meglio me stessa, i miei limiti e le mie attitudini, fino a giungere alla conclusione su cosa volessi essere nella vita: una manager. Eravamo ormai delle donne adulte eppure insieme eravamo ancora delle bambine che guardavano i film Disney sul divano in pigiama. La parte migliore era però quando, ad un soffio dall'esaurimento, andavamo insieme a sfogarci nel nostro posto preferito.

La strana passione per la metro, quando condivisa, diventava una vera e propria seduta di osservazione: ci sedevamo vicine, ognuna raccolta nei propri pensieri fino al momento in cui lei vedeva qualcuno che attirava la sua attenzione. A quel punto me li indicava ed iniziava ad illustrarmi cosa vedeva nei loro sguardi, le loro disavventure oppure le loro piccole gioie. Mi ha spiegato che colore ha la felicità negli occhi di un bambino al quale regalano una caramella, ma anche che sfumatura ha l'ombra nella palpebra socchiusa di un uomo che sta portando a casa una brutta notizia. Mi trasportava dentro il mondo di tanti sconosciuti che avevano una bella storia da raccontare e nessuno a cui raccontarla. Aveva deciso di diventare giornalista proprio per questo, perché trovava ingiusto che tante persone interessanti fossero invisibili agli occhi della gente e voleva, quindi, dare voce alla bellezza racchiusa nell'essere umano, che nessuno mai riusciva veramente a comprendere. Per questo, ad ogni nostra seduta, appuntava sull'agenda del nostro primo incontro. Era il suo progetto di laurea: una raccolta di storie lette negli sguardi di sconosciuti.

Adesso è lì che la sta presentando, con l'orgoglio di chi ci ha messo l'anima. Quando me l'ha fatta leggere, prima di consegnarla, sono stata investita da una marea di ricordi bellissimi e non ho potuto trattenere una lacrima quando, in conclusione, ho trovato anche la mia parte, quella che stava scrivendo al momento del nostro primo incontro. Inutile a dirsi, aveva capito tutto dal primo momento. Uscirà con la lode, mi sento orgogliosa quasi come una madre. Le è già stato offerto un lavoro come reporter per un'importante rivista che le consentirà di coronare il suo sogno di vivere in viaggio, con la possibilità di incontrare tante persone di cui poter scrivere. Non sono stata triste nemmeno un momento al pensiero che saremo distanti perché, ne sono certa, troveremo sempre il modo per re incontrarci. Alla fine amicizia vuol dire essere più felici per i successi degli altri che per i propri. Io ho ottenuto la mia corona d'alloro tanto ricercata, ma ho trovato molto di più.

Ha finito l'esposizione in modo brillante. I professori le hanno fatto tutti i complimenti che si merita e sta facendo tutto il giro di saluti, io l'aspetto fuori. Sono uscita dalla porta dell'ateneo per l'ultima volta, chiudendo dietro di me una porta che segna l'inizio di una nuova parte delle mia vita, del mio futuro. Sono immersa nei miei pensieri sull'avvenire quando esce anche lei, mi si avvicina, mi sorride e sussurra:«andiamo a prendere la metro». Anche questa volta mi aveva letto nel pensiero.

DIE EHRLICHKEIT IM AUSSEHEN
FRANCESCA POSSAMAI
Aus dem Italienischen von Sahra Waßner

Es kommt ein Moment im Leben, in dem man beginnt, sich über seine Ziele und Träume Gedanken zu machen. Dieser Moment kommt, sobald man die Stärke und Reife hat, sich mit seiner eigenen Zukunft auseinanderzusetzen.

In meinen ersten Schuljahren wurde ich beispielsweise immer von meinen Lehrern gefragt, was ich denn einmal werden wollte und diese, sich immer wiederholende Frage hasste ich, weil ich einfach nicht wusste, was ich darauf sagen sollte. Ich hatte keinen blassen Schimmer, wie ich meine gesamte Zukunft verbringen wollte und die Vorstellung, mich festlegen zu müssen, machte mir Angst.

Schließlich legte ich mich, wenn auch mithilfe eines Ausschlussverfahrens für eine Universität fest, welche ich besuchen wollte und entschied mich für einen Studiengang. Ich hatte nun also ein Ziel, auf welches ich in den nächsten Jahren hinarbeiten konnte.

Jetzt habe ich es geschafft. Meine Diplomarbeit ist endlich fertig. Ich sitze mit Stolz und auch ein wenig Genugtuung auf einem der, mit Samt bezogenen Stühlen und warte darauf, dass auch meine beste Freundin ihren Abschluss offiziell überreicht bekommt.

Mich hat häufig die Angst gequält, dass ich nicht gut genug sein könnte meinen Abschluss zu machen und meine Ziele letztlich doch nur wie Staub verpuffen würden.

Wie oft saß ich verzweifelt in der Bibliothek, wie oft abends vor Prüfungen in meinem Zimmer. Sie war immer da. Meine beste Freundin war immer da und baute mich wieder auf. Sie war wie ein helles Licht in der Dunkelheit, um es ganz metaphorisch auszudrücken.

Ich kann mir gar nicht vorstellen, wie es sein muss, keinen Menschen wie sie zu haben, wie es ist, ohne solch eine Unterstützung entscheidende Schritte im Leben bewältigen zu müssen und wie es ganz konkret ist, fünf Jahre Studium alleine durchzustehen.

Gott sei Dank, muss ich mir auch all diese Szenarien nicht vorstellen. Ich habe das Glück, die beste Freundin überhaupt gefunden zu haben.

Endlich ist es soweit und die Professoren erheben sich, während sie durch die Tür tritt. Die Diplomarbeit, welche in einen roten Einband eingebettet wurde, hält sie in der Hand. Ich merke, dass sie auch meinen Blick sucht, während sie sich setzt und das ist der Moment, in dem ich mich an unsere erste Begegnung erinnern muss. Dies ist der Moment, als ihre Augen dasselbe Funkeln haben, wie am ersten Tag unserer Freundschaft, und von diesem Tag möchte ich euch erzählen.

Wenn man genau darüber nachdenkt, sind öffentliche Verkehrsmittel ziemlich mysteriös: sobald du in einen Bus oder eine Bahn einsteigst, begibst du dich in ein Abenteuer, dessen Ausgang du nicht kennst und wovon du nicht weißt, was dich erwarten wird.

Jeden Morgen begegnet man einer Vielzahl von Menschen, während man gehetzt und in Eile versucht, die eigene Bahn oder den eigenen Bus zu erwischen. Man nimmt die mit Menschen kaum wahr und dennoch trifft man sich gegebenenfalls in dem eigenen Wagen völlig abgehetzt wieder, aber auch hier wird man sich vermutlich kaum bewusst wahrnehmen.

Die unterschiedlichsten Menschen irren an den Haltestellen umher, die eigenen Sorgen und Gedanken scheinen auf allen von ihnen zu lasten, sei es der Manager, der seit 24 Stunden nicht geschlafen hat, eine erschöpfte Mutter, welche nervös versucht ihren weinenden Sohn zu beruhigen oder auch Jugendliche, die Musik hören und so versuchen dem Trubel zu entkommen. Eine Sache teilen die meisten dieser Menschen und das ist die absolute Gleichgültigkeit gegenüber der anderen. Wer käme auf die Idee, sich während einer Zugfahrt mit einem fremden Menschen zu unterhalten, einfach so, nur des Interesses wegen? Wohl niemand!

Ihr müsst wissen, dass ich aus einem Provinzdorf komme und dort ist es völlig anders als hier in der Großstadt. Jeder kennt jeden und es ist mir fast unmöglich aus dem Haus zu gehen, ohne ein kurzes «Hallo» oder «Wie geht es dir?» auszutauschen.

Manchmal ist das vielleicht ermüdend, aber letztlich sind es diese Momente, die mir Kraft geben und von denen ich zehren kann.

Die Anonymität in der Stadt ist beängstigend für mich und ich vermisse die Nähe zu anderen.

Manchmal bekommt man einen kurzen Austausch von Worten, sei es über das Wetter oder die erneuten Ausfälle von Bahnen, mit, aber als Gespräch kann man dies nicht bezeichnen, zumal es letztlich keinen der Gesprächspartner wirklich zu interessieren scheint.

Aber anstelle von Gesprächen nutze ich die Zeit, die ich täglich in der Bahn verbringe anders.

Seit ich mit meinem Studium begonnen habe, waren für mich drei Dinge klar, die ich definitiv als negative Aspekte des Studiums oder der Zeit während des Studiums sehen würde.

Der unfassbar hohe Studienaufwand, der Alltag der 20er mit allem, was dazugehört und was im Vergleich zu den behüteten Jahren im Haus der Eltern eine große Umstellung darstellt, sowie der ÖPNV.

Nach einer gewissen Zeit habe ich aber gemerkt, dass der Trubel und das Desinteresse der Menschen in der Bahn auch etwas Positives mit sich bringt. Ich kann meinen Gedanken nachhängen. Ich kann ganz bei mir sein. Ich weiß, dass ich unbeachtet in meiner eigenen Welt sein kann.

In meinem kleinen Provinzdorf gab es einen bestimmten Ort, an den ich ging, wenn ich meinen Gedanken ungestört ihren Lauf lassen wollte.

Dort war ein bestimmter Hügel mit einer Bank, von wo aus ich einen herrlichen Blick auf das Dorf hatte, aber selbst völlig unbemerkt war.

Manchmal wird mir alles zu viel, dann spüre ich eine solche Last auf mir, dass ich schreien möchte und eine Verzweiflung in mir aufsteigen spüre, die es mir unerträglich macht, ruhig zu bleiben.

In solchen Momenten schnappe ich meine Tasche, ich renne zur nächsten U-Bahn Haltestelle und warte.

Sobald ich eingestiegen bin und die Tür hinter mir zugeht, bin ich wieder frei in der Anonymität.

Ich bin nicht alleine und trotzdem für mich. Ich bin in einer Masse von Menschen und trotzdem in meiner eigenen Welt, die nur für mich bestimmt ist.

In meinem ersten Schuljahr lebte ich mit drei weiteren Mitbewohnern in einer WG, als ich aber eine neue Wohnung suchte, war mein Anspruch, irgendwo zu sein, wo ich niemanden kennen würde.

Letztlich verliebte ich mich in eine Altbauwohnung, welche ihren eigenen Scham und Reiz ausstrahlte, dem ich nicht widerstehen wollte.

Ich teilte mir die neue Bleibe mit zwei anderen Mädchen und war rundum zufrieden.

Der einzige Nachteil war eben die Lage beziehungsweise die Entfernung zu meiner Universität.

Von da an begannen meine täglichen Reisen mit der Bahn. Jeden Tag. Hin und zurück.

Ich begann die Stadt mit ihren unterschiedlichsten Vierteln und Bewohnern kennenzulernen. Die Armut, der Reichtum, alles tummelt sich in der Stadt. Die Vielfältigkeit ist nicht zu überbieten und ich habe sie lieben gelernt.

Dennoch merkt man sich die Gesichter wohl nicht, welche einem über den Weg laufen, aber eine Ausnahme gab es bei mir. An einem Tag begegnete mir ein Gesicht, das ich nicht vergessen konnte.

Auch wenn ich ein recht pünktlicher Mensch bin, brauche ich meinen Wecker. Und an dem besagten Tag klingelte ausgerechnet dieser nicht.

Ich schreckte irgendwann auf, schnappte meinen fertig gepackten Rucksack und rannte zur U-Bahn Haltestelle.

Gerade im letzten Moment sprang ich noch in die Bahn, während sich die Türen bereits begannen zu schließen.

Außer Atem suchte ich mir einen Platz und versuchte mir mit hilfe meines Handys, das ich als Spiegel umfunktioniert hatte, meine Haare einigermaßen in Form zu bringen.

Während ich noch mit meinen Locken kämpfte, fiel mein Blick plötzlich auf ein Mädchen.

Sie hatte braune, kurze und lockige Haare, trug eine grüne Latzhose und einen oversize Pullover.

Du würdest vielleicht sagen, dass nichts besonderes an ihr ist, dass sie ein normales Mädchen ist.

Aber sie erregte trotzdem meine Aufmerksamkeit, indem sie dort saß, den Blick auf ein rotes Notizbuch gebeugt, ein Tagebuch vermutete ich.

Für einen kurzen Moment kreuzten sich unsere Blicke und ich sah etwas in ihren Augen, was ich nicht richtig einordnen konnte. Es war etwas mysteriöses, aber gleichzeitig auch schelmiges.

Sie senkte den Blick wieder, aber das Gefühl, was ich bekommen hatte, als ich ihr in die Augen geschaut hatte, blieb.

Ich glaube im Nachhinein, dass dieses Gefühl das ist, was einem sagt: Das ist die Person, die dein Leben verändern wird.

Ich hatte gerade entschieden, dass ich mehr über sie erfahren wollte, als sie sich zum Ausgang wandte. Die Bahn hielt an und sie stieg aus. Ich folgte ihr unauffällig, die Neugierde trieb mich vorwärts.

Erst im Nachhinein erinnerte ich mich daran, wie bedacht sie sich in der Menge der Menschen bewegt hatte.

Sie schaute nicht von ihrem Tagebuch auf und lief, den Blick weiter gesenkt, die Treppen hoch.

Einen kurzen Moment hatte ich sie aus dem Blick verloren, aber da tauchten ihre dunklen Locken wieder in der Menge auf.

Ich beeilte mich, sie aufzuholen und zwängte mich zwischen den Menschen hindurch.

Als ich von der dunklen U-Bahn Haltestelle ans Licht kam, sah ich sie. Sie stand auf der anderen Straßenseite. Das Tagebuch war geschlossen. Sie blickte mich an und lächelte.

Es war ein warmes Lächeln, das mich direkt einlud, auf sie zuzugehen.

Ich werde mich wohl immer an die Worte erinnern, die sie zu mir sagte: «Ich wusste, dass du kommst.»

Ich war perplex und mir fehlten die richtigen Worte, um zu antworten, aber deswegen fragte ich sie schlicht, ob wir einen Kaffee zusammen trinken wollten.

In dieser Einfachheit begann unsere Freundschaft und es war eine Freundschaft, wie ich sie noch nie kennengelernt hatte.

Wir verstanden und auf Anhieb, kein peinliches Schweigen, keine Unsicherheit, einfach eine bedingungslose Akzeptanz.

Die Stunden vergingen im Flug und ich merkte nicht, dass es irgendwann dunkel wurde und wir immer noch auf demselben Platz saßen.

Ich wusste von ihren Träumen, ihren Sorgen, was sie umtrieb und beschäftigte und sie wusste all dies auch von mir.

Im Laufe des Abends bestätigte sich mein Eindruck und ich war mir nun absolut sicher, dass sie der intelligenteste Mensch war, den ich je kennengelernt hatte.

Sie studierte ebenfalls und wollte Journalistin werden. Ich war mir sicher, dass dies genau der richtige Beruf für sie war. Sie besaß die Empathie, das Interesse und dieses gewisse Etwas, was ihr ermöglichte Kleinigkeiten zu sehen, die sonst niemandem auffielen.

Ich konnte mir aber immer noch keinen Reim daraus machen, warum sie gewusst hatte, dass ich zu ihr kommen würde und so fragte ich sie ganz direkt.

Ein Lächeln huschte über ihr Gesicht, als sie sagte, dass sie es in meinem Blick gesehen hätte.

Da wusste ich, dass der Moment, als wir uns das erste Mal in die Augen geschaut hatten, auch ihr in Erinnerung geblieben war, auch ihr viel bedeutete.

Was uns aber endgültig verband, war, dass sie, genauso wie ich, mehr Bahn fuhr, als sie musste.

Dass sie, genauso wie ich, Bahn fuhr, um ihren Gedanken nachhängen und ohne alleine zu sein, in der Anonymität verschwinden konnte.

Von diesem Nachmittag an trafen wir uns immer wieder und als eine meiner Mitbewohnerinnen zum Semesterende auszog, übernahm sie das Zimmer.

Das gemeinsame Wohnen verband uns auf noch mehr Ebenen. Wir konnten unseren Alltag teilen, unsere Freude und auch unseren Kummer.

Wir erzählten uns alles und wurden zu einem unzertrennlichen Duo.

Ich lernte über sie mehr von mir und sie lernte durch mich mehr über sich. Ich fasste unter anderem den Entschluss, Managerin zu werden.

Wir waren zwei erwachsene Frauen und trotzdem konnten wir zusammen wie kleine Mädchen sein, wenn wir abends in unserem Schlafanzug auf dem Sofa saßen, Eis aßen und uns Disney Filme ansahen.

Ich musste mich nicht verstellen und war noch nie so sehr ich wie in dieser Zeit.

Unsere gemeinsame Leidenschaft des U-Bahn-Fahrens blieb und so saßen wir häufig nebeneinander in der Bahn.

Manchmal hing einfach jeder seinen Gedanken nach und schwieg. Manchmal beobachteten wir die Menschen und dann erzählte sie mir alles, was sie über Menschen wusste.

Sie zeigte mir das Strahlen in den Augen eines Kindes, nachdem es ein Bonbon bekommen hatte, die traurigen und dunklen Schatten in den Augen eines Mannes, welcher seiner Familie schlechte Nachrichten überbringen musste, die Wut in den Augen einer Frau, welche sich mit ihrem Partner gestritten hatte.

Ich begann, die Menschen zu verstehen, sie zu lesen.

Sie erzählte mir, warum sie Journalistin werden wollte. Sie wollte die Geschichten von all den Menschen erzählen, die in der Anonymität verschwinden,die nicht als interessant genug gelten, die nicht selbst aus dem Schatten treten.

Sie konnte, wie kein anderer die Schönheit in jedem einzelnen Menschen sehen und sie konnte wie kein anderer die Schönheit in jedem einzelnen Menschen beschreiben.

Wir fingen an, unsere Beobachten zu notieren und daraus entstand ein Buch voller individueller und erzählenswerter Geschichten!

Nun sitze ich in der Universität und beobachte, wie sie ihren Abschluss überreicht bekommt.

Ich spüre einen ungeheuren Stolz und die absolute Gewissheit, dass sie Erfolg haben wird, egal was sie sich vornimmt.

Eine Träne rollt mir über die Wange, aber es ist keine Trauer, es ist Freude.

Sie ist der Mensch, bei dem ich mir immer sicher sein werde, dass unsere Wege sich kreuzen, egal wie lang wir voneinander getrennt sind. Und so kann ich optimistisch auf die Zukunft blicken, mit dem Wissen, dass es gut ist, gut so wie es ist.

Nach der Veranstaltung trete ich aus der Universität ins Sonnenlicht. Ein Schatten taucht neben mir auf und flüstert die Worte: «Wollen wir zusammen mit der U-Bahn fahren?» in mein Ohr.

Auch jetzt hat sie meine Gedanken gelesen.

EIN LETZTES MAL
JETTE HOOS

«Scheiße!»

Fluchend hebe ich den Joghurt auf, der mir entgegengefallen ist, während ich meinen Kühlschrank geöffnet habe. Schnell hole ich mir ein Tuch und wische ihn auf.

Nach dem langen Tag heute hat mir das gerade noch gefehlt.

Ich werfe einen Blick aus dem Fenster. Draußen regnet es in Strömen und ich bin dankbar, dass ich es gerade noch rechtzeitig nach Hause geschafft habe, bevor der Regen mich erwischt hat. Das Wetter stellt meine aktuelle Stimmung ziemlich gut dar und ich sehne mich nach etwas, was meine Stimmung heben könnte. Also versuche ich es erneut mit Essen.

Als ich gerade den zweiten Versuch starte, den Kühlschrank zu öffnen, klingelt es an der Tür. Verwundert werfe ich einen Blick auf die Uhr. Wer will mich um diese Uhrzeit noch unangekündigt besuchen?

Genervt schließe ich den Kühlschrank wieder – mein Essen muss wohl noch warten – und gehe in den Flur. Nichtsahnend öffne ich die Haustür und friere sofort in meiner Bewegung ein.

Vor mir steht eine mittelgroße, hübsche Frau mit einem gelben Regenschirm. Ihre blonden, welligen Haare und auch ihre Kleidung sind trotz des Regenschirms triefnass, sie muss also schon länger durch den Regen gelaufen sein.

Für einen Moment lang sehen wir uns einfach an. Ich fasse es nicht. Sieben Monate ohne Kontakt, und jetzt steht sie plötzlich wieder vor mir. Meine Gedanken spielen verrückt – bilde ich es mir nur ein, oder steht sie tatsächlich gerade vor meiner Haustür?

Ich sehe sie geschockt an, die rechte Hand immer noch auf der Türklinke.

Sie hat sich kein bisschen verändert. Ihre Haare reichen ihr immer noch bis zu den Schultern, sie trägt immer noch den gleichen, schwarzen Regenmantel und auch ihr unverwechselbares Lächeln ist gleich geblieben.

«Hi», sagt sie und durchbricht die Stille, während ich sie immer noch fassungslos anstarre. «Kann ich reinkommen?» Ihre braunen Augen ziehen mich sofort in ihren Bann und ich möchte nie mehr wegsehen.

Ich kann sie nicht hier draußen im strömenden Regen auf der Straße stehen lassen. Wie in Zeitlupe nicke ich, ohne jedoch wirklich zu realisieren, was gerade passiert.

Als ich mich immer noch nicht bewege, zieht Merle fragend eine Augenbraue hoch. Ich gebe mir einen Ruck und trete beiseite, damit sie eintreten kann.

Sie hängt ihre Jacke an den Garderobenständer im Flur. So wie früher.

Sie lächelt mich an. So wie früher.

Sie fragt mich, ob ich Wein zu Hause habe. So wie früher.

Sie geht in die Küche und ich folge ihr. So wie früher.

Alles geht so schnell, dass ich es immer noch nicht glauben kann.

«Ich geh kurz aufs Klo, ja?», kündigt Merle an, bevor sie im Bad verschwindet.

Ich setze mich an den Küchentisch und erst jetzt realisiere ich, was gerade passiert ist.

Ich war auf gutem Wege, mit ihr und unserer Beziehung abzuschließen. Die vergangenen Monate waren schwer und ich würde sie nicht gerne wiederholen, aber ich hatte es geschafft, nicht mehr alle fünf Minuten an sie denken zu müssen. Und jetzt steht sie wieder vor meiner Tür. Kommt in meine Wohnung, als sei nichts passiert. Als wären wir noch zusammen, als hätten wir nicht die letzten Monate keinen Kontakt gehabt.

Ich gebe zu, ab und an habe ich mir noch ihr Instagram-Profil angesehen. Sie postet regelmäßig Bilder und Videos mit ihren Freunden, aus dem Club oder vom Urlaub. Die Bilder von früher, auf denen ich zu sehen war, hat sie gelöscht. Es ist so, als hätte es mich in ihrem Leben nie gegeben, als hätten wir nicht ganze acht Jahre unseres Lebens miteinander verbracht, fünf davon als Paar. Auf Merles Instagramprofil scheint es so, als hätten wir uns nie gekannt.

Damals in der Schule und auch auf Instagram waren wir immer nur befreundet. Niemand durfte von uns erfahren, denn keiner sollte wissen, dass Merle mit einem Mädchen ausging. Also war ich offiziell immer nur ‚eine Freundin‘ von ihr, mehr nicht.

Außerhalb der Öffentlichkeit war alles anders. Sobald wir alleine waren, mussten wir uns nicht mehr verstecken. Wir konnten unsere Liebe ohne Bedingungen ausleben – solange niemand zusah. Untereinander konnten wir sein, wer und wie wir wollten. Damals war ich fest davon überzeugt, dass ich sie eines Tages heiraten würde.

Ich war glücklich mit ihr. So glücklich, dass ich am liebsten der ganzen Welt von unserer Liebe erzählt hätte. Doch Merle hatte Angst. Sie wollte nie, dass irgendwer von uns beiden erfuhr. Lediglich meine beste Freundin wusste Bescheid, weil ich es vor ihr einfach nicht geheim halten konnte. Sogar auf meinen Familienfeiern war Merle immer nur ‚meine Mitbewohnerin'. Und obwohl meine Eltern nach einiger Zeit etwas ahnten, stritten wir eine gemeinsame Beziehung weiterhin ab.

Irgendwann hatte ich das Ganze satt. Ich hatte es satt, durchgehend verstecken zu müssen, wen ich liebte. Doch Merle wollte immer noch nicht, dass andere von uns erfuhren. Merle wollte ihre konservative Familie nicht enttäuschen. Sie hatte Angst, zur Außenseiterin zu werden – Angst, verurteilt und im schlimmsten Falle sogar gemobbt zu werden.

Und so schafften wir es fünf Jahre lang, unsere Beziehung geheim zu halten.

«Du hast unsere Fotos abgehangen», stellt Merle fest, als sie meine kleine Küche betritt.

Ich hebe meinen Blick und sehe sie im Türrahmen stehen. So wie früher. Erst jetzt fällt mir ihre wunderschöne rote Bluse auf.

«Es sind bald acht Monate vergangen. Natürlich habe ich die Bilder abgehangen», rechtfertige ich mich mit einem Schulterzucken.

«Ist es dir gar nichts mehr wert? Die Zeit, die wir hatten. Fünf Jahre, einfach so vorbei?», Sie sieht mir in die Augen und ich schaffe es nicht, ihrem Blick auszuweichen. Ihre Augen glitzern leicht und es sieht so aus, als wäre sie kurz davor, zu weinen.

«Also, warum bist du hier?», frage ich sie, um das Gespräch in eine andere Richtung zu lenken. Ich versuche, ihren Blick zu deuten, doch sie weicht mir aus und schweigt mich an.

«Du kannst ein Handtuch für deine nassen Haare bekommen, wenn du magst», biete ich ihr an, doch sie schüttelt den Kopf. Ein Teil von mir freut sich, da sie mit nassen Haaren einfach umwerfend aussieht. Schnell versuche ich, diesen Gedanken zu unterdrücken – wenn ich weiterhin so denke, werde ich ganz bestimmt nie über sie hinwegkommen.

Anstatt meine Frage nach dem Grund ihres unangekündigten Auftauchens zu beantworten, öffnet sie meinen Kühlschrank, nimmt sich meine letzte Flasche Wein und holt uns zwei Gläser aus dem Schrank.

«Ich möchte nichts trinken», erkläre ich ihr, doch Merle schenkt auch mir ein Glas ein.

Sie setzt sich wieder auf den Stuhl gegenüber von mir hin und nippt nachdenklich an ihrem Weinglas.

«Warum bist du hier? Was willst du hier, nach all den Monaten?», rutscht es mir in einem etwas ruppigerem Ton raus. «Wie kannst du einfach nach sieben Monaten wieder vor meiner Haustür auftauchen und so tun, als wäre nichts?»

Perplex sieht sie mich an. «Komm mal runter, ich möchte doch nur reden.»

«Mit Wein, in meiner Küche, ohne jegliche Ankündigung oder Vorwarnung?!»

«Ich habe deine Nummer gelöscht. Wie hätte ich dich bitte anrufen sollen?»

Ich liebe und hasse es zugleich, wie sie versucht, mich um den Finger zu wickeln. Ich weiß ganz genau, dass sie meine Handnummer seit sechs Jahren auswendig kann.

«Du weißt ganz genau, dass du mir auch auf Instagram oder per Mail oder von mir aus auch ganz altmodisch per Post hättest schreiben können», stelle ich trocken fest.

«Na gut», seufzt sie. «Ich geb's zu: Du hast mich ertappt. Ich hatte Angst, du würdest mir gar nicht erst zuhören wollen … », gesteht sie und ich erwische mich dabei, wie ich kurz schmunzeln muss. Auch in dieser Hinsicht hat sie sich nicht geändert – sie ist mir immer einen Schritt voraus und sie kennt mich immer noch zu gut.

Für einen Moment sehen wir uns beide einfach an.

Meine Augen fahren über ihr bildschönes Gesicht und prägen sich jedes einzelne Detail ein. Ihre braunen Augen, die mir immer das unersetzbare Gefühl von Geborgenheit gegeben haben. Ihre geschwungenen Lippen, die sie immer leicht zusammenpresst, wenn sie angestrengt über etwas nachdenkt. Die freundlichen Grübchen in ihrem Gesicht. Die kleine Narbe über ihrem rechten Auge, die sie sich als Kind bei einem Fahrradunfall zugezogen hat. Das Muttermal auf ihrer linken Wange, das ich schon immer so sehr geliebt habe.

Ich erinnere mich an die Sachen, die ich immer noch von ihr habe. Ich habe es nie übers Herz gebracht, ihre Dinge zu entsorgen. Jetzt, wo sie schonmal hier ist, kann sie sie gleich mitnehmen, damit ich sie los bin und einen Grund weniger habe, an Merle festzuhalten.

«Wenn du schonmal hier bist, kannst du auch ein paar Sachen mitnehmen», schlage ich Merle vor. Nach unserer Trennung ging alles ziemlich schnell, sodass sie nicht mehr alles mitnehmen konnte. Ich habe immer noch ein paar Bücher von ihr, einen alten Pulli und das teure Parfum, was sie sich vor einiger Zeit gekauft hat. Ihr Duft ist noch überall auf meiner Kleidung, und wenn ich ehrlich bin, es macht mich verrückt. Manchmal benutze ich ihr Parfum noch, damit ich diesen Duft, den ich so sehr mit ihr verbinde, nicht vergesse. Aber damit ist jetzt Schluss. Auch das ist ein wichtiger Schritt, der mir zwar schwerfällt, aber nötig ist, damit ich vielleicht irgendwann mit ihr abschließen kann. Weiterhin daran festzuhalten würde mir nicht helfen.

Merle stimmt mir zu und ich verspreche ihr, die Sachen gleich zu bringen.

Nachdem wir uns eine gefühlte Ewigkeit wieder angeschwiegen und uns einfach angesehen haben, ergreift Merle das Wort.

«Ich weiß, du willst das wahrscheinlich nicht hören, aber ich habe dich in den letzten Monaten vermisst.»

Ich wünschte, ich könnte ihren Satz einfach ignorieren. Ja, sie hat recht, ich möchte es nicht hören. Und ich würde lügen, wenn ich behaupten würde, ich würde sie nicht mehr vermissen.

Dennoch gibt es immer noch genügend Gründe, warum wir unsere Beziehung beendet haben und es nicht nochmal miteinander versuchen können. Ich sollte sie nicht mehr vermissen. Ich will stattdessen endlich über sie hinwegkommen. Ich kann den gesamten Fortschritt, den ich in den letzten Monaten gemacht habe, nicht für diese paar Minuten aufgeben. Trotzdem tut es mir weh, sie abweisen zu müssen.

«Merle...», fange ich zögernd an, «du kannst hier nicht einfach ohne Ankündigung auftauchen und mir sagen, wie sehr du mich vermisst. Ist dir schonmal in den Kopf gekommen, dass ich eventuell gerade versuche, dich und unsere Beziehung zu vergessen? Das geht nicht, wenn du plötzlich wieder vor meiner Haustür stehst!»

Sie sieht mich unbeeindruckt an und nimmt einen weiteren Schluck Wein.

«Hörst du mir eigentlich zu?», konfrontiere ich sie ärgerlich.

«Denkst du nicht gerne an unsere Erinnerungen zurück?», kontert sie.

«Es ist vorbei, Merle. Du kannst nicht einfach nach sieben Monaten hier wieder auftauchen und so tun, als hätten wir unbegründet Schluss gemacht. Glaub mir, ich habe es mir gut überlegt und ich denke nicht, dass wir eine Zukunft zusammen haben können. Es funktioniert einfach nicht, du und ich.»

«Fünf Jahre lang hat es funktioniert!», widerspricht sie mir. Doch es hilft nichts, sie kann mich nicht mit ein paar bedeutungslosen Worten überzeugen.

«Merle, ich habe dieses Versteckspiel nicht mehr ausgehalten. Ich möchte nur mit jemandem zusammen sein, der sich nicht davor scheut, mich in der Öffentlichkeit zu zeigen. Jemand, der sich nicht für mich schämt, nur weil ich eine Frau bin. Ich habe nie von dir erwartet, dass du dich irgendwo hinstellst und laut verkündest: ‚Schaut mal alle her, das hier ist meine Partnerin und ich bin lesbisch!'» Sie zuckt leicht zusammen. «Wenigstens unseren Freunden und unserer Familie hätten wir es doch erzählen können...», murmele ich leise.

«Es lag doch nicht an dir... nur weil es dir leichter gefallen ist, dich zu outen, heißt es nicht gleich, dass es mir genauso leichtfällt.» Sie stellt das Weinglas vor sich auf den Tisch und fixiert ihre Augen auf die Tischplatte vor sich. Dann sieht sie zu mir auf und mein Herz bleibt für einen kurzen Moment stehen.

Scheiße, was macht sie nur mit mir?! Unsere Trennung ist nun sieben Monate her und ich habe bei weitem noch nicht so gut mit ihr abgeschlossen, wie ich es gerne hätte.

Sie ist meine erste große Liebe. Sie ist die erste und bisher auch einzige Person, für die ich je solche Gefühle empfunden habe. Durch sie habe ich gemerkt, dass ich auf Frauen stehe. Sie war mein erster Kuss, mein erstes Date, meine erste Beziehung. Wir waren damals nur unschuldige Teenager, jetzt sind wir schon junge Erwachsene. Und auch nach all diesen Jahren hat sich eine Sache immer noch nicht geändert – das, was ich für sie empfinde. Ich liebe sie immer noch. In den letzten Monaten ist es mir immer nur kurzfristig gelungen, sie aus meinen Gedanken zu verbannen, nie jedoch für längere Zeit. Ich denke nicht mehr so wie früher mindestens alle fünf Minuten an sie, aber trotzdem kann ich sie einfach nicht vergessen. Dafür ist einfach zu viel zwischen uns passiert, dafür haben wir zu viele gemeinsame Erinnerungen.

Irgendwann habe ich mich mit dem Gedanken abgefunden, dass ein Teil von mir sie wohl bis an mein Lebensende lieben wird. Egal, wie viele andere Menschen ich noch treffen und vielleicht sogar lieben werde – Merle wird immer einen kleinen Platz in meinem Herzen haben, der nur ihr gehört und den ihr kein anderer Mensch nehmen kann. Komme, was wolle.

Trotz alldem werden wir keine Zukunft miteinander haben. Die Jahre mit ihr waren wunderschön, aber wir funktionieren einfach nicht mehr zusammen. Wir haben uns mit der Zeit auseinandergelebt und nicht genügend Arbeit und Mühe in unsere Beziehung gesteckt, sodass irgendwann alles auseinandergefallen ist.

Wir sind beide noch jung und haben unser ganzes Leben vor uns. Wir beide werden uns noch in viele andere Menschen verlieben und dann – vielleicht irgendwann – mit jemand anderem glücklich werden.

«Es tut mir leid», flüstert Merle und reißt mich wieder aus meinen Gedanken. Sofort fühle ich mich schlecht, da ich so harsch zu ihr gewesen bin. Sie ist immer noch die Frau, für die ich alles tun würde, und ich kann es nicht mehr länger verleugnen. Ich weiß genau, wie schwer es ihr fällt, zu ihrer eigenen sexuellen Orientierung zu stehen. Auch sechs Jahre nachdem sie herausgefunden hat, dass sie auf Frauen steht, hat sie immer noch Angst davor, sich zu zeigen. Diese Angst, die ich ihr leider nie nehmen konnte, so sehr ich mich auch bemüht habe.

«Es ist okay», beruhige ich sie. «Wir beide haben Fehler gemacht, das weißt du. Keiner von uns beiden ist allein schuldig.»

Wir sind damals im Guten auseinandergegangen. Wir haben uns nicht gestritten und waren uns einig, dass es für uns beide das Beste wäre. Es war eine gesunde Trennung.

Die vernünftige Seite in mir will sie vergessen und wünscht sich, sie würde eine bloße Erinnerung bleiben, damit ich vielleicht irgendwann in ein paar Jahren vollständig mit ihr abschließen kann. Diese Seite von mir wünscht sich, sie würde nicht gerade hier vor mir sitzen und den kompletten Fortschritt ruinieren, den ich in den letzten Monaten geschafft habe. Doch ein kleiner Teil in mir möchte, dass sie bleibt, und dass wir es noch einmal miteinander versuchen. Auch, wenn mir klar ist, wie hoffnungslos es ist.

«Ich weiß nicht, ob es eine gute Idee ist, was ich jetzt vorschlagen werde...», beginnt Merle, «aber du fehlst mir. Nicht nur als Partnerin, sondern auch als Freundin.»

Ich halte die Luft an. Ich kann mir schon denken, was jetzt kommt.

«Du fehlst mir als Mensch. Und, keine Ahnung, aber ich dachte, jetzt nach ein paar Monaten ist es vielleicht einfacher für uns beide, wenn wir wieder Kontakt aufnehmen. Nur als Freundinnen natürlich. Wenn wir schon nicht zusammen sein können, möchte ich dich wenigstens noch so in meinem Leben haben.»

Ich werfe einen Blick in mein volles Weinglas und sehe dann auf, direkt in ihre wunderschön braunen Augen.

«Hör zu», beginne ich und mache eine kurze Pause, um die Gedanken in meinem Kopf zu sortieren. «Wir können uns nicht mehr sehen. Nicht, solange wir noch Gefühle füreinander haben. Ich kann nicht mehr deine Partnerin sein und auch nicht nur ‚eine Freundin' für dich. So werden wir beide es niemals schaffen, mit unserer Beziehung abzuschließen. Wir können uns nicht gegenseitig davon abhalten, unser Leben zu leben und uns neu in jemand anderen zu verlieben, nur weil wir noch in Kontakt stehen. Und du weißt genau so gut wie ich, dass eine Beziehung zwischen uns nicht mehr funktionieren wird. So sehr ich es mir auch wünschen würde…»

Sie nickt langsam und denkt kurz nach. «Ich verstehe. Zugegeben, ich selber habe auch noch nicht ganz so gut mit dir abgeschlossen, wie ich eigentlich gehofft hatte… Und vielleicht ist es wirklich nicht förderlich, wenn wir uns wieder sehen.»

Wir sehen uns an.

So viele ungesagte Worte, die zwischen uns stehen. So viele Dinge, die ich ihr gerne sagen würde. Ich bin hin und hergerissen, doch mir ist bewusst, dass dies die richtige Entscheidung ist. Wenn wir jetzt wieder regelmäßig voneinander hören und uns sehen, werde ich niemals über sie hinweg kommen und niemals für jemand neuen Gefühle entwickeln.

Ich stehe auf und nehme mein volles Weinglas mit. Als ich den Wein in die Spüle kippen will, unterbricht mich Merle.

Ich drehe mich um, während sie ebenfalls aufsteht und auf mich zukommt.

Meine Augen wandern erneut über ihr ganzes Gesicht und ich kann es immer noch nicht fassen, dass sie direkt vor mir steht. Hier, in meiner kleinen Küche. Die Küche, in der wir so oft zusammen gekocht und gegessen haben. Die Küche, in der wir so viele schöne Erinnerungen gesammelt haben. Die Küche, in der wir unzählige Male zusammen gelacht und geweint haben.

Ich bin noch nicht bereit dazu, all das gehen zu lassen. Ich bin noch nicht bereit dazu, mit meinem Leben weiterzumachen und Merle einfach zu vergessen. Vielleicht in ein paar Jahren, aber nicht mehr heute Abend. Ich kann meine Gefühle für sie nicht mehr verleugnen oder unterdrücken. Ich brauche eine klare Linie, einen eindeutigen Schluss. Ich brauche ein allerletztes Mal. Einen Abschied. Erst dann kann ich richtig mit ihr abschließen.

Ich fasse einen Entschluss, nehme einen großen Schluck aus meinem Weinglas und stelle es auf der Küchenzeile ab.

«Wie wäre es mit einem letzten Abend?», schlage ich Merle vor. «Ein allerletzter Abend, und danach ist es vorbei. Endgültig. Vielleicht sehen wir uns dann in zehn, fünfzehn Jahren irgendwann wieder und reden über die alten Zeiten. Vielleicht sind wir dann unabhängig voneinander glücklich und haben es endlich geschafft, loszulassen. Was hältst du davon?»

Sie sieht mich nachdenklich an und ich kann ihre Reaktion zuerst nicht deuten.

Langsam kommt sie mir immer näher, bis sich unsere Gesichter nur noch wenige Zentimeter voneinander trennen. Ihre braunen Augen betrachten mich mit einem sehnsüchtigen Blick und es fällt mir schwer, ihr zu widerstehen. Schon wieder nimmt sie mir den Atem weg.

«Ein letztes Mal?», flüstert sie.

«Ein letztes Mal», verspreche ich ihr und schließe die Augen.

UN'ULTIMA VOLTA
JETTE HOOS
Traduzione di Letizia Segarelli

«Merda!»

Imprecando strofino via con uno straccio lo yogurt che mi è caduto addosso mentre aprivo il frigorifero. Dopo la lunga giornata di oggi ci mancava solo questo.

Lancio uno sguardo fuori dalla finestra: piove a dirotto. Sono grata di essere riuscita ad arrivare a casa appena in tempo, prima che la pioggia mi inzuppasse. Desidero fortemente qualcosa che possa risollevare il mio umore, che ben corrisponde al meteo di oggi, quindi provo di nuovo con il cibo. Appena mi accingo ad aprire il frigo una seconda volta, qualcuno suona alla porta. Stupita guardo l'orologio: chi è che vuole farmi visita a quest'ora e per di più senza preavviso?

Innervosita chiudo nuovamente il frigorifero – la cena dovrà attendere ancora – e mi dirigo all'ingresso. Inconsapevole apro la porta di casa e immediatamente mi paralizzo.

Non posso crederci.

Davanti a me c'è una attraente donna di altezza media con un ombrello giallo. I suoi capelli biondi, leggermente ondulati, e anche i suoi vestiti, sono bagnati, nonostante l'ombrello, perciò deve aver camminato a lungo sotto la pioggia.

Per un momento ci guardiamo e basta.

Sette mesi senza contatti, e ora è improvvisamente di nuovo davanti a me. Mi sembra di impazzire – me lo sto immaginando o lei è veramente appena fuori la mia porta di casa?

Non è cambiata nemmeno un po': i capelli le arrivano ancora alle spalle, indossa ancora lo stesso impermeabile nero e anche il suo sorriso inconfondibile è rimasto lo stesso.

«Ciao», dice lei, rompendo il silenzio, mentre io la fisso ancora stordita. «Posso entrare?»

I suoi occhi castani, con il loro fascino, mi stregano immediatamente e io non vorrei più distogliere lo sguardo. Non posso lasciarla in piedi di fuori, sulla strada, sotto la pioggia battente. Annuisco come a rallentatore, senza tuttavia realizzare veramente cosa stia succedendo.

Vedendo che ancora non mi muovo, Merle solleva un sopracciglio inquisitoria. Io mi sforzo di spostarmi di lato, in modo che lei possa entrare.

Lei appende la giacca all'attaccapanni nell'ingresso. Proprio come un tempo.

Mi sorride. Proprio come un tempo.

Mi chiede se ho del vino in casa. Proprio come un tempo.

Va in cucina e io la seguo. Proprio come un tempo.

Tutto accade così velocemente, che io non riesco ancora a crederci.

«Vado un attimo a rinfrescarmi, eh?» dice Merle, prima di sparire nel bagno.

Nel frattempo io mi siedo al tavolo della cucina e realizzo per la prima volta ciò che sta succedendo.

Sono sulla buona strada per chiudere con lei e con la nostra relazione. I mesi trascorsi sono stati difficili e non li rivivrei volentieri, ma sono riuscita a non pensare più a lei ogni cinque minuti. Ed ora è di nuovo in piedi davanti alla mia porta. Si presenta al mio appartamento, come se non fosse successo nulla. Come se fossimo ancora insieme, come se per gli ultimi mesi non avessimo avuto zero contatti.

Lo ammetto, ogni tanto ho visitato ancora il suo profilo Instagram. Posta regolarmente foto e video con i suoi amici, dalla discoteca o dalle vacanze. Le foto di prima, quelle in cui c'ero io, le ha cancellate. È come se io non fossi mai stata nella sua vita, come se non avessimo trascorso otto anni della nostra vita insieme, di cui cinque come coppia. Sul profilo Instagram di Merle sembra come se noi non ci fossimo mai conosciute.

Allora a scuola, e anche su Instagram, eravamo sempre solo amiche. Nessuno doveva sapere di noi, perché nessuno doveva sapere che Merle frequentasse una ragazza. Perciò ufficialmente ero sempre solo ,una sua amica', niente di più.

Fuori dai contesti pubblici, però, tutto era diverso. Appena eravamo sole, non dovevamo più nasconderci. Finché nessuno guardava, potevamo vivere la nostra vita. Tra noi potevamo essere chi e come volevamo. A quel tempo ero convinta che, un giorno, l'avrei sposata.

Ero felice con lei. Così felice, che avrei preferito raccontare del nostro amore al mondo intero. Tuttavia Merle aveva paura. Non voleva che qualcuno venisse a sapere di noi due. Esclusivamente la mia migliore amica ne era al corrente, poiché non riuscii a tenerglielo nascosto. Persino alle mie cene di famiglia Merle era sempre e soltanto la mia ,coinquilina'. E sebbene i miei genitori sospettassero qualcosa da tempo, noi continuavamo a negare di avere una relazione.

Un giorno ne ho avuto abbastanza di tutta questa storia. Ne ho avuto abbastanza di dover continuamente nascondere chi amavo. Ma Merle continuava a non volere che qualcuno lo venisse a sapere. Non voleva deludere la sua famiglia conservatrice. Aveva paura di venire emarginata – paura di venire giudicata e nel peggiore dei casi addirittura bullizzata.

E così riuscimmo a tenere la nostra relazione segreta per cinque anni.

«Hai tolto le nostre foto incorniciate», constata Merle entrando nella mia piccola cucina. Sollevo lo sguardo e vedo che è in piedi sotto lo stipite della porta. Proprio come un tempo. Solo ora noto la sua stupenda camicetta rossa.

«Sono passati quasi otto mesi. Certo che ho tolto le foto», mi giustifico, scrollando le spalle.

«Quindi per te non ha più valore? Il tempo che abbiamo trascorso. Cinque anni, dimenticati così facilmente?». Lei mi guarda negli occhi e io non riesco a evitare il suo sguardo. I suoi occhi sono lucidi come se fosse sul punto di piangere.

«Allora che ci fai qui?» le chiedo, per deviare il discorso in un'altra direzione. Cerco di decifrare il suo sguardo, ma lei elude i miei tentativi e rimane in silenzio.

«Puoi prendere un asciugamano per i capelli bagnati, se vuoi», le propongo, ma lei scuote la testa.

Ne sono felice: è bellissima con i capelli bagnati. Velocemente cerco di sopprimere questo pensiero – continuando così non riuscirò mai a lasciarmela alle spalle.

Invece di rispondere alla mia domanda sul motivo della sua visita inattesa, Merle apre il mio frigorifero, prende l'ultima bottiglia di vino e tira fuori due calici dalla credenza.

«Io preferisco non bere», le spiego, ma nonostante ciò lei versa un bicchiere anche a me.

Si siede sulla sedia di fronte sorseggiando pensierosa il vino.

«Perché sei qui? Cosa vuoi, dopo tutti questi mesi?» mi esce con un tono un po' brusco. «Come puoi, dopo sette mesi, semplicemente apparire davanti alla porta di casa mia e comportarti come se niente fosse?»

Perplessa mi guarda. «Calmati, voglio solo parlare.»

«Davanti a due bicchieri di vino, nella mia cucina, senza alcun tipo di preavviso?!»

«Ho cancellato il tuo numero da tempo, altrimenti ti avrei scritto prima.»

Odio quanto mi menta in modo convincente.

«Sai benissimo che avresti potuto scrivermi su Instagram, o per mail, o perfino all'antica, per posta», noto seccata.

«D'accordo», sospira lei. «Lo ammetto: mi hai beccata. Avevo paura che non avresti nemmeno voluto ascoltarmi...», confessa e io mi ritrovo a sorridere leggermente. Anche sotto questo aspetto non è cambiata affatto – è sempre un passo avanti a me e mi conosce ancora così bene.

Per un attimo ci guardiamo e basta.

I miei occhi percorrono il suo splendido viso e ne memorizzano ogni singolo dettaglio.

I suoi occhi marroni, che mi hanno sempre dato un'insostituibile senso di sicurezza. Le sue labbra curve, che stringe leggermente ogni volta che si sforza riflettendo su qualcosa. Le amichevoli fossette sul suo volto. La piccola cicatrice appena sopra il suo occhio destro, che si è procurata da bambina cadendo dalla bicicletta. La voglia sulla sua guancia sinistra, che ho sempre adorato così tanto.

Mi ricordo di tutte le sue cose che conservo ancora. Non me la sono sentita di sbarazzarmi della sua roba. Ora, visto che è già qui, può portarsela via, cosicché io me ne liberi e abbia un motivo in meno per rimanere legata a lei.

«Visto che sei qui, puoi portarti via un paio di cose», propongo a Merle. Dopo la nostra rottura è successo tutto così in fretta che non ha potuto riprendersi tutto. Ho ancora un paio dei suoi libri, un vecchio maglioncino e un profumo costoso che ha comprato tempo fa. Il suo odore è ancora ovunque, sui miei vestiti, e, ad essere onesta, mi manda fuori di testa. A volte uso ancora quel profumo, in modo da non dimenticare quell'odore che associo così tanto a lei. Ma ora è finita. Anche questo è un passo importante, che è necessario, nonostante mi riesca difficile, al fine di poter, forse, un giorno, chiudere definitivamente con lei. Tenere la sua roba non mi aiuterebbe.

Merle concorda con me e io le garantisco che le restituirò le sue cose.

Dopo aver passato di nuovo un'eternità in silenzio, guardandoci solamente, Merle prende la parola.

«Lo so che probabilmente non lo vuoi sentire, ma negli ultimi mesi mi sei mancata.»

Vorrei poter ignorare facilmente la sua frase. Sì, lei ha ragione, non avrei voluto sentirla. E mentirei se pretendessi che lei non mi sia mancata.

Tuttavia, continuano a esserci motivi a sufficienza per i quali abbiamo chiuso il nostro rapporto e per cui non possiamo riprovarci. Non dovrei più sentire la sua mancanza. Voglio, invece, voltare finalmente pagina. Non posso gettare via tutti i passi avanti che ho fatto negli ultimi mesi soltanto per questa manciata di minuti. Nonostante ciò, mi fa male doverla mandare via.

«Merle…» comincio esitante, «non puoi presentarti semplicemente così, senza preavviso, dicendomi quanto ti manco. Ti è mai passato per la testa che io, magari, stia cercando di dimenticare te e la nostra relazione? Non posso farlo se tu all'improvviso sei di nuovo davanti alla mia porta di casa.»

Lei mi guarda impassibile e beve un altro sorso di vino.

«Mi stai veramente ascoltando?» la confronto seccata.

«Non pensi volentieri ai nostri ricordi insieme?» ribatte lei.

«È passato, Merle. Non puoi semplicemente ripresentarti qui dopo sette mesi e comportarti come se non ci fosse una ragione per cui ci siamo lasciate. Credimi, ci ho pensato e non credo che noi possiamo avere un futuro insieme. Semplicemente non funziona, tu e io.»

«Ha funzionato per cinque anni», mi risponde lei. Ma non aiuta, non può convincermi con un paio di parole vuote.

«Merle, io non sopportavo più di giocare a nascondino. Io voglio solo stare con qualcuno che non tema di mostrarmi in pubblico. Qualcuno che non si vergogni di me, solo perché sono una donna. Non mi aspettavo da te che ti mettessi da qualche parte e annunciassi gridando: ‚Guardate tutti, questa qui è la mia ragazza e io sono lesbica!'» Lei sussulta leggermente. «Però avremmo potuto raccontarlo ad alcuni dei nostri amici e alle nostre famiglie…», mormoro piano.

«Ma non dipendeva da te… solo perché per te è stato più semplice fare coming out, non significa che anche per me sia facile.» Posiziona il calice di vino sul tavolo davanti a sé e fissa lo sguardo sul ripiano. Poi alza gli occhi verso di me e il mio cuore, per un breve istante, si ferma.

Merda, cosa mi sta facendo?! La nostra rottura è passata da sette mesi e con lei non ho affatto chiuso così come vorrei.

Lei è il mio primo grande amore. Lei è la prima e, finora, anche unica persona, per la quale ho mai provato certi sentimenti. Grazie a lei ho capito che mi piacciono le donne. Lei è stata il mio primo bacio, il mio primo appuntamento, la mia prima relazione. Una volta eravamo solamente adolescenti innocenti, ora siamo già giovani adulte. E anche dopo tutti questi anni, una cosa non è mai cambiata – ciò che provo per lei. La amo ancora. Nei mesi trascorsi sono riuscita ad allontanarla dai miei pensieri per breve tempo, ma mai più a lungo. Non penso più a lei almeno ogni cinque minuti come prima, ma, nonostante ciò, semplicemente non riesco a dimenticarla. È successo troppo fra noi, abbiamo troppi ricordi insieme, per poterlo fare.

Col tempo mi sono rassegnata al pensiero che una parte di me probabilmente l'amerà fino alla fine della mia vita. A prescindere da quante altre persone ancora incontrerò e forse persino amerò –Merle avrà sempre un piccolo posto nel mio cuore, che appartiene solo a lei e che nessun altro può prenderle. Costi quel che costi. Nonostante tutto questo, non avremo un futuro insieme. Gli anni con lei sono stati meravigliosi, ma non funzioniamo più bene, insieme. Col tempo ci siamo allontanate e non abbiamo messo abbastanza impegno e lavoro nella nostra relazione, cosicché alla fine tutto è andato in pezzi.

Siamo entrambe ancora giovani e abbiamo tutta la vita davanti. Entrambe ci innamoreremo ancora di tante altre persone e poi – forse, un giorno – diventeremo felici con qualcun altro.

«Mi dispiace», mormora Merle e mi strappa nuovamente ai miei pensieri. Immediatamente mi sento in colpa per essere stata così dura. Lei è ancora la ragazza per la quale farei di tutto e questo non posso più continuare a negarlo. So benissimo quanto sia stato difficile per lei difendere la sua sessualità. Anche sei anni dopo aver scoperto che le piacciono le donne, ha ancora paura di mostrarlo. Questa paura che io purtroppo non ho potuto toglierle, per quanto mi ci sia sforzata.

«Va bene», la rassicuro. «Entrambe abbiamo fatto degli errori, lo sai. Nessuna di noi due è colpevole da sola.»

All'epoca ci siamo lasciate in buoni rapporti. Non abbiamo litigato ed eravamo d'accordo che fosse il meglio per entrambe. È stata una rottura sana.

La parte più razionale di me vuole dimenticarla e spera che rimanga un mero ricordo, in modo che forse un giorno, tra un paio d'anni, io possa chiudere definitivamente con lei. Questa parte di me desidera che lei non fosse di nuovo seduta davanti a me a rovinare tutto quello che sono riuscita a fare negli ultimi mesi. Tuttavia una piccola parte di me vorrebbe che lei restasse e che noi, insieme, ci riprovassimo ancora una volta. Anche se mi è chiaro che sia una causa persa.

«Non so se sia una buona idea, quello che sto per proporti…», inizia Merle, «ma tu mi manchi. Non solo come partner, ma anche come amica.»

Trattengo il respiro. Posso già immaginare cosa succederà adesso.

«Mi manchi come persona. E, non saprei, ma pensavo che forse ora, dopo un paio di mesi, sia più facile per entrambe riprendere i contatti. Solo come amiche, naturalmente. Se non possiamo proprio stare insieme, vorrei almeno averti ancora nella mia vita.»

Lancio uno sguardo al mio calice pieno di vino e poi la guardo direttamente nei suoi meravigliosi occhi castani.

«Ascolta», comincio io e faccio una piccola pausa, per riordinare i pensieri nella mia mente. «Non possiamo più vederci. Non possiamo, fintanto che abbiamo ancora sentimenti l'una per l'altra. Io non posso più essere la tua ragazza e nemmeno solo ‚un'amica‘ per te. In questo modo non riusciremo mai a chiudere con la nostra relazione. Non possiamo impedirci a vicenda di vivere le nostre vite e di innamorarci nuovamente di qualcun altro soltanto perché siamo ancora in contatto. E sai bene quanto me che una relazione tra noi due non funzionerà mai più, per quanto piacerebbe anche a me…»

Lei annuisce lentamente pensando per un momento. «Capisco. Lo devo ammettere, io stessa non ho ancora chiuso con te come avrei veramente sperato… E forse non sarebbe un bene se ci vedessimo di nuovo.»

Ci guardiamo.

Così tante parole non dette che si frappongono fra noi. Così tante cose che vorrei dirle. Sono combattuta, tuttavia consapevole che questa sia la scelta giusta. Se da ora ci sentissimo di nuovo regolarmente e ci vedessimo, non mi dimenticherei mai di lei e non svilupperei mai sentimenti per qualcun altro.

Mi alzo e prendo il mio bicchiere. Quando voglio versare il vino nel lavandino, Merle mi ferma.

Mi volto mentre anche lei si alza e viene verso di me.

I miei occhi percorrono nuovamente il suo viso e non riesco ancora a capacitarmi del fatto che lei sia in piedi davanti a me. Qui, nella mia piccola cucina. La cucina dove abbiamo cucinato e mangiato così spesso insieme. La cucina dove abbiamo raccolto così tanti, bellissimi, ricordi. La cucina dove abbiamo riso e pianto innumerevoli volte.

Non sono ancora pronta a lasciar andare tutto ciò. Non sono ancora pronta ad andare avanti con la mia vita e a dimenticare Merle. Forse tra un paio d'anni, ma non stasera. Non riesco più a negare né a sopprimere i miei sentimenti per lei. Ho bisogno di una linea netta, una chiusura univoca. Ho bisogno di un'ultima volta. Un addio. Solo allora potrò chiudere davvero con lei.

Mi decido, prendo un grosso sorso dal mio bicchiere di vino e lo poso sul piano della cucina.

«Che ne dici di un'ultima sera?» propongo a Merle. «Un'ultima sera e poi è finita. Definitivamente. Forse poi ci rivedremo, un giorno, tra quindici anni, e parleremo dei vecchi tempi. Forse allora saremo felici indipendentemente l'una dall'altra e ce l'avremo finalmente fatta a lasciar andare. Che ne dici?»

Lei mi guarda pensierosa e all'inizio non riesco a decifrare la sua reazione.

Lentamente viene verso di me, sempre più vicina, finché i nostri visi non sono separati che da qualche centimetro. I suoi occhi marroni mi osservano con uno sguardo impaziente e mi risulta difficile resisterle. Ancora una volta, mi toglie il respiro.

«Un'ultima volta?» sussurra lei.

«Un'ultima volta.» le garantisco io, chiudendo gli occhi.

LA SIGNORA DELLA MONTAGNA
LETIZIA SEGARELLI

«Che bella invenzione i ponti scolastici» pensavo quel giovedì pomeriggio di Maggio, mentre tornavo a casa, pregustando già il fine settimana lungo tre giorni invece che due. Poi mi ricordai della professoressa di italiano e del suo sguardo malefico mentre ci dava la solita montagna di compiti: «peccato che a quanto pare le vacanze non valgano per gli studenti».

Entrando in casa, fui sorpreso di trovare due valigie a terra nell'ingresso, pronte ad essere riempite. Tolsi lo zaino, il giacchetto e chiamai: «Mamma!», facendo il giro delle stanze alla sua ricerca. Ed eccola, alla fine, nella sua camera da letto, che sondava l'armadio in cerca di chissà quale vestito rimasto in fondo.

«Mamma che ci fanno le valigie all'ingresso? Dobbiamo partire per caso?»

Posi la seconda domanda con una leggera risata: Non credevo che mia madre avesse il tempo di organizzare un viaggio, figuriamoci di prendervi parte, impegnata com'era.

«Si tesoro, domani alle 7 c'è il treno»

«COSA?» esclamai. Non fraintendetemi, adoro viaggiare, ma dopo settimane passate a pianificare il fine settimana nella mia mente, la partenza inaspettata era proprio come un terremoto che si abbatte su un castello di carte. Partenza per dove poi?

Fu proprio quello che chiesi e la risposta mi sorprese quasi di più della notizia precedente: «Calabria», rispose, «a casa della tua prozia Vittoria, te la ricordi no? Non ci vado da tanto e le farebbe molto piacere vederci, quindi ci ha invitati fino a domenica».

Mentre ancora la fissavo un po' incerto, mia madre mi spinse fuori dalla stanza, ricordandomi che anche io avrei fatto meglio a sbrigarmi con i bagagli e poi corse in cucina.

Io entrai in camera e fissai l'armadio chiuso, pensieroso. In fondo mi avrebbe fatto piacere prendere un po' di sole... Eppure c'era qualcosa che ancora non mi lasciava gioire della sorpresa, una sensazione oscura che non riuscivo a focalizzare... E poi mi colpì: i compiti.

Corsi verso il mio zaino, presi il diario e contemplai tutti gli esercizi che si ammucchiavano uno dietro l'altro nelle piccole pagine dell'agenda. Avrei fatto meglio a sbrigarmi e a finire tutto. Cominciai, veloce come una scheggia: la motivazione erano il mare calmo e il sole dorato che mi avrebbero accolto a braccia aperte il giorno dopo.

Arrivai faticosamente all'ultima richiesta, quella della professoressa di italiano, e leggendola sentii un tuffo al cuore: un tema. Un maledetto tema. Io odiavo passare i giorni di vacanza a fare i compiti, ma se c'era qualcosa che disprezzavo ancora di più era proprio scrivere, soprattutto se si trattava di temi introspettivi. Di solito finivo per buttare giù cose banali e insensate, salvandomi dall'insufficienza solo grazie alla correttezza grammaticale.

Il tema quella volta, però, era diverso e la mia solita tecnica non avrebbe funzionato. Era per un concorso della scuola e avrebbero letto a voce alta gli scritti di tutti gli studenti delle classi terze. Non volevo assolutamente rendermi ridicolo scrivendo un tema indecente. Allo stesso modo, però, non volevo di certo intraprendere la scrittura di un tema alle 11 e mezza di sera, con una valigia ancora da preparare e un treno da prendere la mattina successiva. «Lo scriverò in vacanza, tanto non potrei comunque stare tutto il giorno fuori, farà caldissimo», cercai di auto-convincermi. Preparai il mio zaino e andai a dormire.

Nonostante l'incombenza del tema, finalmente il viaggio iniziava a cancellare le mie preoccupazioni e a regalarmi l'illusione che fosse già estate.

La mattina seguente ci preparammo di corsa e partimmo alla volta della stazione.

Non ricordavo bene la zia Vittoria, probabilmente l'avevo incontrata da piccolo a qualche matrimonio in famiglia; l'unica cosa che sapevo sulla sua casa era che si trovava in un paesino di pochissimi abitanti, per lo più anziani, sulla costa ionica della Calabria. L'idea di un po' di pace e solitudine non mi dispiaceva: amavo fare passeggiate sulla spiaggia e immersioni con maschera e boccaglio. Immaginate la mia delusione quando, scendendo dal treno, ci ritrovammo in un villaggio di montagna. Ancora una volta i miei piani rovesciati come carte al vento.

La zia ci accolse calorosamente, con baci, abbracci e prevedibili commenti su quanto fossi cresciuto. Le nostre valigie, sebbene leggere, ci affaticarono mentre arrancavamo su per una salita, che fortunatamente non dovemmo percorrere per intero: circa a metà, sulla sinistra, si apriva una porta, attraverso la quale la casetta di due piani della zia prometteva ombra e fresco. Entrammo: al piano terra c'erano soggiorno e cucina, mentre salendo le scale, si raggiungeva la camera da letto padronale, quella per gli ospiti e il bagno. Nella camera che avrei condiviso con mia madre c'era perfino uno scrittoio con una sedia, posto proprio di fronte alla finestra. «Esattamente quello che mi serve», sospirai, ricordandomi nuovamente del mio compito.

Dopo il pranzo, mi chiusi in camera a riposare e mi svegliai intorno alle quattro e mezza: a casa non c'era nessuno. Evidentemente mia madre e mia zia erano uscite, forse per andare a salutare i compaesani: tutti naturalmente sapevano del ritorno di mia madre, che da giovane andava spesso lì in vacanza.

Mi sedetti, quindi, allo scrittoio. Era un ottimo momento per essere produttivo. Guardai il foglio protocollo ancora bianco, poi fuori dalla finestra. Questa, si apriva verso la montagna, che saliva per alcune decine di metri, prima di mescolarsi al cielo. Constatai che la casa della zia era una di quelle più in alto del paese, ad eccezione di una piccola costruzione indipendente che, alla fine della salita da cui eravamo arrivati, si ergeva proprio al confine con il bosco. Quella casetta solitaria era circondata da un piccolo giardinetto, curato e ricco di fiori di diverso colore. Le fronde degli alberi, agitandosi, proiettavano ombre frastagliate sul tetto della casa, le cui pareti dipinte di un azzurro vivace contrastavano enormemente con il resto del paese, in pietra gialla. Stavo contemplando il paesaggio da un po', quando mi accorsi di essermi distratto e tornai a fissare il foglio. Più ci provavo, meno idee avevo su cosa scrivere in quel tema. Era chiaro che non sarei riuscito a combinare un bel niente, così mi misi le scarpe, lasciai un messaggio a mia madre e uscii a fare una passeggiata.

Decisi di salire verso il bosco, dove le fronde degli alberi promettevano un riparo dal caldo sole primaverile. Percorrendo la salita mi avvicinavo anche alla casetta azzurra che avevo visto dalla finestra, ammirando così da vicino la varietà di piante che erano coltivate nel giardino.

Quando superai la casa, vidi una signora sulla settantina, intenta a dipingere: aveva un cavalletto in legno, chiaramente molto vecchio, mentre la tavolozza e i tubetti di colore erano poggiati su un tavolino. La signora, seduta su uno sgabello, dava i tocchi finali al quadro; sulla tela si distingueva una veduta della foresta.

La donna si accorse quasi subito della mia presenza. Si voltò, mentre io continuavo la scarpinata, e mi chiamò: «Ehi ragazzo! Sei per caso il figlio di Marta?»

Io mi fermai e voltandomi nuovamente nella sua direzione annuii. Allora la signora fece cenno di avvicinarsi e io la assecondai. In fondo, cosa poteva andare storto? Forse mi avrebbe perfino offerto qualcosa da mangiare, camminare mi stava facendo venire un certo languorino.

«Vieni giovanotto, vieni, avvicinati», mi invitò la signora, mentre camminavo attraverso il suo giardino. «Ah sì, sei proprio uguale a tua madre», decretò infine, quando mi ebbe guardato per bene.

«Senti caro, non è che potresti aiutami a riportare questi attrezzi dentro?» indicò il cavalletto e i colori, «ormai sono anziana e faccio fatica da sola».

Naturalmente la aiutai, non potevo certo rifiutarmi, e poi sembrava proprio una signora gentile e allegra. Attraverso una porta finestra sul retro entrammo nel soggiorno: la sua casa era ancora più particolare all'interno di quanto lo fosse al di fuori; le pareti color crema quasi non si vedevano sotto a centinaia di dipinti e disegni appesi, mentre un grande tavolo in legno, coperto da materiale da disegno, troneggiava al centro della stanza.

La signora mi indicò dove posare il suo cavalletto, il tavolo e lo sgabello, mentre lei riponeva i colori in un astuccio. «Vieni caro, prendi un biscotto», mi disse poi, indicando una ciotola piena di deliziosi tipici pasticcini alle mandorle. La ringraziai e accettai volentieri l'offerta. Chiacchierammo per un po' e dopo mezz'ora mi accorsi che il sole era sparito dietro le montagne e che iniziava a calare la sera. Salutai cordialmente la donna, che mi ringraziò per averle tenuto compagnia. In fondo era stato un piacevole pomeriggio, sebbene assolutamente improduttivo.

Appena tornato a casa mia madre mi accolse sorridente: «Allora dove sei stato di bello?» chiese, mentre mi cambiavo le scarpe all'ingresso. Le raccontai della passeggiata e della signora che aveva chiesto il mio aiuto. «Ah, quella è la signora Rosa! Che donna cordiale!» esclamò, allora, mia zia «e poi dipinge benissimo!»

Era evidente che la signora Rosa fosse ben voluta da tutti e in effetti aveva fatto una bella impressione anche a me.

Dopo cena, entrai in camera pronto per andare a dormire. Lanciai uno sguardo sconsolato al foglio protocollo che giaceva sullo scrittoio, rimandando ancora una volta la stesura del tema, e poi mi addormentai quasi subito.

La mattina seguente, mentre ero seduto al tavolo per la colazione, sentii bussare alla porta. «Vai ad aprire tu tesoro? Noi qui siamo occupate!» gridò mia madre dalla cucina, mentre io già mi dirigevo verso l'ingresso. Aprii la porta e con mia grande sorpresa vidi la signora Rosa, che teneva in mano una valigia di cuoio.

«Salve signora!» salutai «se cerca mia madre è un attimo occupata in cucina, ma può entra-» «Oh no ragazzo» mi interruppe lei «io volevo vedere proprio te».

Rimasi un attimo interdetto, ma la feci entrare e accomodare, portando dentro anche la valigia. La signora salutò calorosamente mia zia e mia madre e prima che avessero il tempo di iniziare una conversazione che si preannunciava interminabile, riuscii a domandare cosa le servisse. Lei mi rispose sbrigativa: «Vai a cambiarti e vestiti comodo, andiamo in montagna». Ero sempre più sorpreso e guardai mia madre, che si limitò a sorridere e continuare a parlare del più e del meno con le altre due.

Scesi 10 minuti dopo, con le scarpe da trekking ai piedi. La signora Rosa spiegò a me quello che evidentemente aveva già detto alle altre: «Vedi caro, devo andare su in montagna a dipingere» ecco svelato il contenuto della valigia «ma ormai le mie giunture non sono più quelle di una volta. Ho bisogno di un accompagnatore e ho pensato subito a te, dopo il gradito aiuto che mi hai dato ieri».

Così, dopo aver preso qualcosa per il pranzo, iniziammo la camminata, io trascinando il bagaglio e la signora facendosi strada sul sentiero che partiva da dietro casa sua.

Già dopo pochi minuti di camminata vedevamo solo verde intorno a noi. Nonostante il sole si facesse sempre più alto, sotto le fronde degli alberi continuava a fare fresco e all'interno della foresta arrivavano solo sottili raggi di luce. Camminammo per almeno un'ora, forse di più, ogni tanto chiacchierando, oppure ascoltando i suoni del bosco. Si poteva sentire perfino lo scorrere di sorgenti sotterranee.

«L'acqua della di questa montagna è la più fresca e buona che ci sia» mi disse infatti la signora Rosa, orgogliosa.

Sarà stato mezzogiorno quando arrivammo alla nostra meta.

Gli alberi si facevano sempre più radi, segno che ci avvicinavamo nuovamente al bordo della foresta. Alla fine, davanti a noi si aprì una sorta di radura, su uno sperone di roccia che si distaccava dalla montagna. La radura era coperta di erba verde, margherite e altri fiori selvatici di mille colori. Più avanti, si ergeva un mucchio di arbusti che, come una siepe, impediva di vedere qualunque cosa ci fosse al di là, eccetto il cielo.

«Oh non posso crederci!» sbottò la mia guida, profondamente offesa. Non capii il significato di quella osservazione finché non mi avvicinai, accorgendomi che gli arbusti in realtà coprivano un muretto a secco in mattoni, una sorta di parapetto per quel balcone naturale. Aiutai la signora Rosa a strappare via i cespugli e restai incantato.

La vista che si apriva da quel luogo era la più bella cosa che avessi mai visto: le pendici della montagna, che dall'alto sembravano onde verde scuro, si infrangevano sulle colline coltivate. Tanti piccoli quadrati di colori diversi si accostavano a casette dai tetti rossi. Il paese si stagliava nel mezzo, torreggiando la valle che scendeva e scendeva, interrompendosi improvvisamente nella spiaggia: una sottile linea dorata, come il margine di uno splendido abito, che risplendeva al sole di mezzogiorno. Ma un gioiello ancora più brillante la oscurava. Una distesa, che iniziava di un celeste chiaro per poi diventare sempre più blu, un blu più profondo di quello del cielo notturno. Il mare. Sulla sua superficie il sole si rifletteva e i bagliori argentati si rincorrevano, proprio come piccoli pesciolini brillanti. All'orizzonte, una grande nuvola bianca, che sembrava la schiuma di un'enorme cascata, separava il cielo dalla distesa d'acqua.

Rimasi a bocca aperta: chi si sarebbe aspettato che quegli arbusti nascondessero un tale spettacolo?

«Bello vero?» mi disse allora la signora Rosa. «Ora capisci perché vale la pena fare tutta quella strada», ridacchiò compiaciuta. Poi tornò indietro a prendere i suoi attrezzi da disegno. Una volta tirati fuori i colori, la signora si mise a dipingere, mentre io, seduto lì accanto, mi godevo il sole e la brezza fresca che portava l'odore del mare.

«Signora, posso farle una domanda?» chiesi dopo un po'.

«Dimmi pure caro.»

«Perché lei dipinge solo dal vivo?»

La signora rifletté un attimo, poi smise di lavorare e mi guardò.

«Sai ragazzo, io dipingo paesaggi. Tu sei mai stato a Parigi?», scossi la testa, «ecco, nemmeno io, infatti non ho mai dipinto la Tour Eiffel. Quello che cerco di dirti è che dipingere non è solo riportare qualcosa sulla tela. Un quadro dipinto nella solitudine dello studio può essere magnifico, più preciso e meticoloso di uno dal vivo, ma c'è qualcosa che non potrà mai cogliere fino in fondo. I miei quadri sono come fotografie, non di luoghi, bensì di ricordi. Riflettono perfino quello che non ho potuto raffigurare: la vecchietta dietro la tela, le sue emozioni e ciò che quel momento significa per lei. Non si può di certo rappresentare il mondo senza conoscerlo, e l'unico modo per conoscerlo è uscire e vivere.»

Sembrò come se le sue parole mi risvegliassero da un sonno profondo. Ecco perché non ero mai riuscito a scrivere quei temi, che mi sembravano così infattibili! Avevo sempre pensato che concentrarmi abbastanza a lungo mi avrebbe fatto venire delle idee. Che errore enorme! Scrivere era proprio come dipingere. Come avrei potuto scrivere del mondo e della realtà, senza viverla? Chiudermi nella mia camera era la soluzione sbagliata: se non avessi avuto una risposta, questa non sarebbe di certo spuntata all'improvviso nella mia testa, solo perché contemplavo in silenzio il foglio bianco. Avrei dovuto cercare altrove, provare, magari sbagliare, e imparare qualcosa di nuovo. I temi introspettivi sono fatti di riflessioni, certo, ma se non avessi avuto nulla, dentro di me, su cui riflettere? Era proprio lì il problema: dovevo vivere, vivere veramente, e così facendo, ottenere qualcosa che avrei potuto raccontare ad altri.

Come fare?

«Beh, intanto questa bella passeggiata è un buon inizio» pensai, mentre, quella sera, riscendevamo verso il paese. La notte si avvicinava, rinfrescando l'aria, sebbene il sole non fosse ancora tramontato del tutto. Quella era, purtroppo, la nostra ultima notte a casa della zia.

La mattina seguente, a salutarci alla stazione, c'erano la prozia e la signora Rosa.

Appena prima di salire in carrozza la signora mi chiamò vicino a sé: «Tieni caro», mi mise in mano un pacco largo e sottile, «come ti ho detto, non dimenticare che può mostrare anche ciò che non si vede, ma che il tuo cuore ricorda». Mi fece un occhiolino affettuoso e poi mi spinse verso il treno in partenza.

Ringraziando e salutando con la mano raggiunsi mia madre. Una volta seduto, aprii con cautela il pacchetto, mentre il treno prendeva velocità e si allontanava dal paese. Sapevo già cosa avrei trovato: il quadro dipinto sulla montagna. Sorrisi e guardai fuori dal finestrino: si prospettava un lungo viaggio, ma avevo qualcosa di molto importante da fare.

Tirai fuori dalla borsa il foglio protocollo e lessi la traccia scritta in cima:

Molti grandi uomini del passato hanno avuto un maestro, che li guidasse alla scoperta di se stessi. Chi è la tua ispirazione?

Quella volta, per la prima volta, avevo le idee chiare sulla risposta da dare:

«La mia ispirazione è la Signora della montagna».

Eccoci arrivati alla fine della mia storia. Sembra inverosimile a dirsi, ma quel concorso scolastico, grazie al mio tema, lo vinsi. Ciò, però, non fu la cosa più importante che quelle parole fecero per me. Scoprii che, in fondo, la scrittura non era così male e che quando sapevo veramente cosa dire, le mie parole messe sulla carta erano piuttosto piacevoli da leggere. Fu così che, capendo un po' di più chi fossi veramente, iniziai a scrivere per piacere, oltre che per obbligo, e trovai la mia passione.

Ora avrete sicuramente capito per quale ragione, in questa prefazione al mio primo romanzo, io abbia voluto raccontare questa storia.

Il libro che tenete in mano non è un'autobiografia, ma, esattamente come il dipinti della signora Rosa, racconta un po' anche del ragazzo dietro alla penna, dei suoi sogni, dei suoi desideri e di come, finalmente, abbia trovato l'ispirazione che aveva cercato per tutta la sua vita.

DIE DAME AUS DEN BERGEN
LETIZIA SEGARELLI
Aus dem Italienischen von Jette Hoos

Die Dame aus den Bergen

«Verlängerte Wochenenden sind einfach die beste Erfindung, die es gibt!», denke ich mir an einem Donnerstagnachmittag im Mai, während ich voller Vorfreude auf das lange Wochenende nach Hause komme. Doch dann erinnere ich mich an meine Italienischlehrerin und ihren fiesen Blick, als sie uns den gewöhnlichen Berg an Hausaufgaben aufgab. Wie schade, dass für uns Schüler das freie Wochenende wohl doch nicht gilt...

Nachdem ich die Haustür aufgeschlossen habe, entdecke ich zu meiner Überraschung zwei leere Koffer im Flur. Sofort werfe ich meinen Rucksack und meine Jacke in die Ecke und rufe laut nach meiner Mutter.

Ich durchsuche das komplette Haus nach ihr und finde sie schließlich in ihrem Schlafzimmer, wo sie etwas unschlüssig auf dem Boden vor ihrem Kleiderschrank hockt.

«Mama, was machen die Koffer unten im Flur? Fahren wir etwa weg?»

Die zweite Frage stelle ich mit einem leichten Lachen – ich glaube wohl kaum, dass meine Mutter die Zeit gehabt hätte, um einen Urlaub für uns beide zu organisieren – schon gar nicht, ohne mir vorher Bescheid zu sagen.

Sie dreht sich zu mir um und lächelt verschmitzt: «Ja Schatz, morgen um 7 Uhr fährt unser Zug ab.»

«Bitte was??», rufe ich überrascht.

Versteht mich nicht falsch, ich liebe das Reisen – aber nachdem ich die letzten Wochen lang davon ausgegangen bin, dass wir das verlängerte Wochenende zu Hause verbringen, kommt das Ganze ein wenig unerwartet und bringt meine eigentlichen Pläne komplett durcheinander.

Und wo könnten wir nur hinfahren?

Die Antwort meiner Mutter überrascht mich: «Wir fahren in den Süden, nach Kalabrien. Erinnerst du dich noch an deine Großtante Vittoria? Wir haben sie schon sehr lange nicht mehr gesehen und sie freut sich sehr, dich wiederzusehen. Sie hat uns bis Sonntag eingeladen.»

Nachdem ich sie ein bisschen unsicher angesehen habe, drängt mich meine Mutter aus ihrem Zimmer und fordert mich dazu auf, meinen Koffer zu packen.

Als ich mein Zimmer betrete und meinen Kleiderschrank betrachte, fange ich an, nachzudenken. Ein bisschen Sonne könnte mir tatsächlich nicht schaden... Doch dann fallen mir wieder meine Hausaufgaben ein: Wie soll ich die nur schaffen, wenn wir wegfahren?

Ich nehme mein Aufgabenheft aus meinem Rucksack und werfe einen Blick auf alle Aufgaben, die sich in letzter Zeit angesammelt haben. Wenn ich mich jetzt beeile und alles schnell fertig mache, dann kann ich mir das Wochenende frei nehmen und das schöne Wetter in Kalabrien genießen. Mit der Aussicht auf die kommenden Tage am Meer und in der Sonne setze ich mich motiviert an den Schreibtisch und fange an, mich durch den Stapel an Aufgaben zu arbeiten.

Als ich endlich bei der letzten Aufgabe ankomme, verlässt mich meine Motivation mit einem Mal. Die Hausaufgabe, die uns unsere Italienischlehrerin heute aufgegeben hat... Ein Aufsatz zu einem Thema, das wir uns selber aussuchen sollen. Ich hasse es, in den Ferien Hausaufgaben machen zu müssen, aber wenn es etwas gibt, was ich noch mehr hasse, dann ist es das Schreiben – vor allem, wenn es sich um eigenständig ausgedachte Themen handelt. Eigentlich mache ich immer ein kurzes Brainstorming, um nach Ideen zu suchen, von denen ich die meisten Einfälle aber sowieso wieder verwerfe, bis ich irgendwann von einer guten Idee gerettet werde.

Der Aufsatz dieses Mal ist jedoch anders und meine übliche Vorgehensweise funktioniert nicht. Das Thema ist für einen Wettbewerb unserer Schule und soll vor allen Schülern meiner gesamten Stufe vorgelesen werden. Ich will mich nicht unbedingt vor allen Mitschülern blamieren, deshalb muss ich mir etwas gutes einfallen lassen.

Allerdings stellt sich dies als eher schwierig heraus, denn jetzt gerade kurz vor Mitternacht, und das am Vorabend von einer Reise, für die ich auch noch meinen Koffer packen muss, habe ich keinen Kopf für Hausaufgaben mehr.

«Ich schreibe den Text einfach im Urlaub. Ich kann sowieso nicht den ganzen Tag draußen in der Sonne verbringen, dafür ist es einfach zu heiß!», rede ich mir ein. Also klappe ich mit einem Seufzen mein

Heft zu und packe noch schnell meinen Koffer, bevor ich endlich schlafen gehe.

Am nächsten Morgen sitzen wir schon im Zug. Endlich beginnt die Reise – meine Sorgen werden wie durch einen Zauber verdrängt und ich spüre, dass endlich der Sommer beginnt.

Auf der Fahrt versuche ich, mich an Tante Vittoria zu erinnern. Wahrscheinlich habe ich sie irgendwann mal, als ich klein war, auf einer Familienfeier getroffen. Das Einzige, was mir zu ihr einfällt: Sie wohnt in einem kleinen Dorf mit sehr wenigen Einwohnern, die meisten davon eher älter, an der Küste Kalabriens. Die Vorstellung von einem kleinen Dorf, welches von Frieden und Einsamkeit geprägt ist, gefällt mir nicht schlecht – ich liebe es, am Strand zu spazieren oder im Meer zu schnorcheln.

Als wir nach der langen Reise endlich ankommen und ich voller Erwartung aus dem Zug aussteige, wird meine Freude sofort gedämpft: Anstelle vom Meer und Stränden sehe ich weit und breit nur Berge und noch mehr Berge. Und so werden ein weiteres Mal meine Pläne durcheinander gebracht...

Tante Vittoria begrüßt uns sehr überschwänglich und herzlich, mit Küssen auf der Wange, festen Umarmungen und absehbaren Kommentaren darüber, wie sehr ich ja gewachsen wäre, seit wir uns das letzte Mal gesehen haben. Unser Gepäck schleppen wir mit großer Anstrengung einen steilen Hügel hoch. Obwohl unsere Koffer sehr leicht sind, fällt mir der Anstieg des hohen Berges schwer, da ich noch von der langen Zugfahrt erschöpft bin. Zum Glück müssen wir nicht den ganzen Berg hochlaufen, denn etwa in der Mitte auf der linken Seite halten wir endlich an. Tante Vittoria wohnt in einem schönen, zweistöckigen Haus, welches direkt neben der Straße am Berg liegt. Meine Tante schließt uns auf und bittet uns herein. Das Haus ist relativ altmodisch eingerichtet, aber mir gefällt es. Im Erdgeschoss befinden sich das große Wohnzimmer und die Küche. Oben ist Tante Vittorias Schlafzimmer, daneben das Badezimmer und das Gästezimmer. Neben dem Zimmer, was ich mir mit meiner Mutter teile, entdecke ich einen Schreibtisch, der direkt vor einem großen Fenster steht.

«Perfekt! Das ist genau das, was ich brauche», denke ich seufzend, während ich an meine Hausaufgaben denke.

Nach dem Mittagessen ziehe ich mich in mein Zimmer zurück, um mich ein wenig von der Fahrt zu erholen. Als ich gegen halb fünf wach werde, ist niemand zu Hause. Meine Mutter und meine Tante sind wohl ins Dorf gegangen, vielleicht um alte Bekannte wiederzusehen. Das Dorf ist so klein, dass sicherlich alle von unserer Ankunft und Mamas Rückkehr Bescheid wissen.

Ich nutze also die Chance und setze mich an den Schreibtisch im Flur. Jetzt, wo das Haus still ist, kann ich mich bestimmt besser konzentrieren und irgendwie versuchen, mit meinen Hausaufgaben fertig zu werden. Ich schaue runter auf das weiße Blatt vor mir, dann aus dem Fenster. Vor mir erstreckt sich der hohe Berg, dessen Spitze schon in den Wolken verschwunden ist. Mir fällt auf, dass das Haus meiner Großtante das am höchsten gelegene Haus im gesamten Dorf ist – mit Ausnahme eines kleinen Häuschens, welches sich ganz oben an dem Weg, der aus dem Dorf führt, und an der Grenze des Waldes, befindet. Die einsame Hütte wird von einem kleinen Garten mit schönen Blumen in allen möglichen Farben umgeben, welcher sehr gepflegt wirkt. Die Äste und Zweige der Bäume wiegen sich leicht im Wind und werfen raue Schatten auf die Dächer der Häuser. Die Wände des Häuschens am Wald sind in einem kräftigen hellblau bemalt, welches sich farblich stark von den gelben Steinen abhebt, aus denen die restlichen Häuser des Dorfes bestehen. Ich betrachte die Landschaft noch ein wenig, bis mir meine Hausaufgaben wieder einfallen. Die Aufgabe stellt sich jedoch schwieriger heraus, als ich erwartet habe. Wieder sitze ich vor meinem Blatt und suche angestrengt nach Ideen, doch der perfekte Einfall kommt mir leider immer noch nicht. Ich sehe ein, dass es keinen Sinn mehr macht, bloß auf mein leeres Blatt zu starren. Also schnappe ich mir meine Schuhe, hinterlasse eine kurze Nachricht an meine Mutter und verlasse das Haus, um einen kleinen Spaziergang zu machen und das Dorf ein bisschen zu erkunden.

Ich beschließe, in Richtung Wald zu gehen, wo mich hoffentlich die Blätter der Bäume ein wenig vor der heißen Sonne schützen können. Als ich den Weg entlang gehe, komme ich immer näher auf das Häuschen zu, welches ich schon vom Fenster aus gesehen habe. Bewundernd betrachte ich die große Vielfalt an Pflanzen im Garten des Häuschens.

Als ich gerade an dem Haus vorbeigehe, entdecke ich eine ältere Frau, etwa um die 70, die auf einer großen Leinwand ein Abbild des Waldes malt. Sie sitzt auf einem Hocker vor ihrer Staffelei aus altem Holz, neben ihr liegen eine Farbpalette und verschiedene, farbige Tuben, nebeneinander gereiht auf einem kleinen Tischchen. Konzentriert verleiht sie ihrem Bild gerade die letzten paar Akzente.

Als ich gerade weitergehen will, bemerkt die Frau meine Anwesenheit und ruft mich zurück zu ihr: «Hey, du! Bist du nicht der Sohn von Marta?»

Ich bleibe stehen und drehe mich zu ihr um. Mit einem Winken deutet mir die Frau an, ihr näher zu treten, also folge ich ihrer Aufforderung und bleibe etwas zögerlich vor dem Gartenzaun stehen. Sie sieht sehr einladend aus und vielleicht wird sie mir sogar etwas zu essen anbieten, denn das Laufen hat mich echt hungrig gemacht.

«Komm her, junger Mann, komm her», lädt mich die Frau ein, während ich vorsichtig an ihren Blumen vorbeigehe.

«Ach ja, du bist genauso wie deine Mutter», stellt sie entzückt fest, nachdem sie mich gründlich gemustert hat.

«Könntest du mir vielleicht dabei helfen, meine Sachen von der Staffelei wieder hereinzutragen?», bittet mich die Frau, während sie auf die Farbpalette und die Farben deutet, «ich bin schon alt und nicht mehr so stark.»

Natürlich helfe ich ihr sofort, sie scheint mir sehr sympathisch und freundlich.

Durch die Terassentür betreten wir das Wohnzimmer der alten Dame. Das Haus ist bis ins kleinste Detail bedacht eingerichtet und durch die Farben erregt es den Anschein, als wären es nicht die Wände eines Hauses, sondern unberührte Natur. An den Wänden hängen unzählige Gemälde und in der Mitte steht ein großer Holztisch, auf dem viele Materialien zum Malen gelagert sind.

Die Frau zeigt mir, wo ich die Staffelei, das Tischchen und den Hocker abstellen kann und räumt ihre Farben in ein Etui.

«Magst du einen Keks?», fragt mich die Frau und hält mir eine Schale mit typisch italienischen Mandelkeksen hin, die es leider nur hier in Kalabrien gibt. Dankend nehme ich mir einen der Kekse. Wir unterhalten uns für eine Weile, doch schon nach einer halben Stunde bemerke ich, dass die Sonne hinter den Bergen untergeht; es wird Abend. Ich verabschiede mich von der Dame und sie bedankt sich bei mir für die Gesellschaft.

Als ich nach Hause komme, fragt mich meine Mutter sofort mit einem Lächeln auf den Lippen: «Also, wo warst du die ganze Zeit?»

Ich erzähle ihr von meinem Spaziergang und von der Frau, die mich um Hilfe gebeten hat.

«Ah, das ist Frau Rosa! Eine sehr freundliche Dame», erzählt meine Mutter.

«Und sie malt wunderschön!», mischt sich meine Großtante ein. Es ist nicht zu übersehen, dass Frau Rosa hier im Dorf sehr beliebt ist, und auch bei mir hat sie einen guten Eindruck hinterlassen.

Nach dem Abendessen gehe ich nach oben in mein Zimmer. Bevor ich mich ins Bett lege, werfe ich noch schnell einen Blick auf meine Hausaufgaben, die immer noch auf dem Schreibtisch auf mich warten. Ich habe ein schlechtes Gewissen, entscheide mich aber dazu, mir morgen ein Thema für meinen Aufsatz auszudenken.

Als ich mich am nächsten Morgen an den Frühstückstisch setze, klingelt es an der Tür.

«Könntest du die Tür aufmachen, Schatz? Vittoria und ich sind gerade noch beschäftigt!», ruft mir meine Mutter aus der Küche zu, doch ich bin schon auf dem Weg zur Haustür. Zu meiner Überraschung steht Frau Rosa vor der Tür, mit einem Lederkoffer in der rechten Hand.

«Guten Morgen, Frau Rosa!», begrüße ich sie. «Meine Mutter ist gerade in der Küche beschäftigt, falls Sie sie suchen, aber Sie können gerne hereinkommen!»

«Alles gut – tatsächlich wollte ich zu dir!» unterbricht sie mich.

Einen Moment lang sehe ich sie verwirrt an. Warum möchte sie zu mir?

Ich lasse sie herein und nehme ihr den Koffer ab. Sie begrüßt meine Tante und meine Mutter sehr herzlich, doch bevor sie die Chance haben, ein Gespräch zu beginnen, welches sich wahrscheinlich endlos hinziehen würde, erkundige ich mich schnell bei Frau Rosa, warum sie zu mir wolle.

Sie antwortet mir direkt: «Zieh dir am besten bequeme Kleidung an, wir gehen wandern!»

Überrascht sehe ich zu meiner Mutter rüber, die mir bestätigend zunickt und sich dann weiter mit den beiden anderen unterhält.

Knappe zehn Minuten später sitze ich bei Frau Rosa in der Küche. Sie erklärt mir, was sie meiner Mutter und Tante Vittoria wahrscheinlich auch erzählt hat, während ich in meinem Zimmer nach meinen Wanderschuhen gesucht habe: «Weißt du, ich gehe zum Malen immer in die Berge» – sie öffnet ihren Lederkoffer und präsentiert mir alle ihre Malutensilien – «Aber ich bin leider nicht mehr so fit wie früher, und deshalb brauche ich einen Begleiter. Außerdem es ist natürlich schön, ein bisschen Gesellschaft zu haben... Und da habe ich sofort an dich gedacht, nachdem du mir gestern schon so gut geholfen hast.»

Nachdem wir noch etwas Kleines zu Mittag gegessen haben, beginnen wir mit unserem Spaziergang in die Berge. Ich trage den Koffer unter meinem Arm, und Frau Rosa zeigt mir den Weg, der direkt hinter ihrem Haus beginnt.

Schon nach wenigen Minuten haben wir das Dorf hinter uns gelassen und um uns herum ist nur noch grüne Natur. Trotz der Sonne, die immer höher steigt, ist es unter dem Schutz der Bäume angenehm kühl. Wir wandern mindestens eine Stunde lang durch den Wald, vielleicht auch mehr. Hin und wieder unterhalten wir uns oder lauschen einfach den Geräuschen des Waldes. Wenn ich mich ganz stark konzentriere, kann ich sogar das Rauschen von unterirdischen Quellen wahrnehmen.

«Das Wasser in diesem Berg ist das frischeste, was es gibt!», schwärmt Frau Rosa, als wir an einem kleinen Bach vorbeikommen.

Gegen Mittag erreichen wir endlich unser Ziel. Die Bäume werden immer dünner – ein Zeichen dafür, dass wir uns dem Rande des Waldes weiter nähern. Schließlich öffnet sich vor uns eine Art Lichtung auf einem Felsvorsprung, der über den Berg hinausragt. Die Lichtung ist mit frischem, grünem Gras, unzählig vielen Gänseblümchen und anderen Wildblumen in tausenden Farben bedeckt. Am anderen Ende der Lichtung stehen einige Sträucher, die wie eine Hecke die Sicht versperren, sodass man nur noch den Himmel sehen kann. Es ist wunderschön, fast wie aus einem Bilderbuch, und ich staune nicht schlecht, während ich die Blumen betrachte.

«Ich fasse es nicht!», ruft Frau Rosa mit einem Mal verärgert aus. Ich verstehe nicht, warum sie sich so ärgert, bis ich näher herantrete. Die Sträucher am Ende der Lichtung verdecken eine Mauer aus Ziegeln, die eine Art Geländer darstellt. Sofort helfe ich Frau Rosa dabei, die Büsche beiseite zu schieben. Als wir fertig sind, werfe ich endlich einen Blick hinter die Mauer.

Der Ausblick, der sich nun vor mir eröffnet, ist das Schönste, was ich je gesehen habe: Die Hänge des Berges, die von oben wie dunkelgrüne Wellen wirken. Viele kleine Häuser in verschiedenen Farben mit roten Dächern stehen dicht aneinander gereiht auf den Bergen. Das Dorf steht auf einem riesigen Felsvorsprung und ragt über das Tal. Von weitem sieht es aus wie eine goldene Linie, die hell in der Mittagssonne scheint. Dahinter liegt das offene Meer, welches sich über den ganzen Horizont erstreckt. Auf der Oberfläche des Meeres spiegelt sich die Sonne wider und es sieht aus, als würden kleine Lichtfunken auf dem Wasser tanzen. Am Himmel entdecke ich eine große weiße Wolke, die mich an ein flauschiges Schaf erinnert.

Ich bin sprachlos. Wer hätte erwarten können, dass sich hinter diesen Sträuchern und der hässlichen Ziegelmauer so eine spektakuläre Aussicht verbirgt?

«Schön, oder?», stellt Frau Rosa schmunzelnd fest, als sie neben mich tritt. «Jetzt weißt du, warum es sich lohnt, den Berg bis hierhin zu besteigen», schmunzelt sie. Sie dreht sich um, holt ihre Zeichenmaterialien und baut mit meiner Hilfe ihre Staffelei auf.

Während Frau Rosa malt, sitze ich einfach neben ihr. Ich genieße die Sonne, das Rauschen des Wassers und die frische Brise, die den Geruch des Meeres mit sich trägt.

Nach einer Weile durchbreche ich die Stille: «Frau Rosa, darf ich Ihnen eine Frage stellen?»

«Natürlich, immer», antwortet sie in Gedanken versunken.

«Warum malen Sie immer nur mit echten Motiven, und nie mit Fotos?»

Sie denkt einen Moment nach, dann unterbricht sie ihre Arbeit und sieht mich an.

«Weißt du, ich male Landschaften... Warst du schon mal in Paris?»
Ich schüttele den Kopf.

«Ich habe noch nie den Eiffelturm gemalt, denn ich war auch noch nie dort. Was ich versuche, dir zu erklären, ist, dass es beim Malen nicht nur darum geht, etwas auf die Leinwand zu bringen. Ein Werk, das in einem Studio oder zu Hause mit einer Bildvorlage gemalt wird, kann großartig sein, vielleicht noch genauer und detailreicher als eines, das mit einer echten Vorlage gemalt wird – aber es gibt etwas, was diese Bilder nie vollständig erfassen werden. Meine Bilder sind wie Fotografien, aber nicht von Orten, sondern von Erinnerungen. Sie reflektieren sogar das, was ich nicht darstellen kann: Die alte Frau, die hinter der Leinwand sitzt, ihre Gefühle, und was dieser Moment für sie bedeutet. Du kannst die Welt nicht anderen zeigen, ohne sie dabei selbst zu kennen. Und der einzige Weg, sie kennenzulernen, ist nach draußen in die Natur zu gehen und sie mit den eigenen Sinnen zu erleben.»

Ich merke, wie mich ihre Worte berühren und etwas in mir auslösen.

Deshalb habe ich es nie geschafft, ein gutes Thema für meinen Aufsatz zu finden! Ich dachte immer, wenn ich einfach lange genug nachdenke, kommen mir schon die Ideen. Aber nein, das stimmt nicht. Und genau das war mein Fehler – der Fehler, der mich davon abhielt, endlich eine gute Idee zu finden. Das Schreiben ist genauso wie das Malen. Wie könnte ich über das Leben und die Realität schreiben, ohne sie zu erleben? Mich in mein Zimmer einzuschließen war die falsche Lösung. Die Idee wäre nicht plötzlich einfach aufgetaucht, nur weil ich still und konzentriert mein Blatt angestarrt habe. Ich hätte wo anders suchen sollen, versuchen sollen, etwas Neues auszuprobieren. Ich schreibe, um meine Ideen zu Papier zu bringen, aber was soll ich tun, wenn ich keine Ideen habe? Ideen kommen nicht einfach so von heute auf morgen, wenn man nur zu Hause rumsitzt und grübelt. Und genau da liegt das Problem: Ich muss leben, wirklich leben und dabei etwas erreichen, wovon ich anderen erzählen kann.

Nur wie geht das?

«Nun, dieser Spaziergang ist ein guter Anfang», denke ich mir, während ich an jenem Abend in das Dorf meiner Tante zurückkehre. Die Nacht zieht heran und die Luft wird immer kühler, obwohl die Sonne noch nicht ganz untergegangen ist. Heute ist leider schon die letzte Nacht bei Tante Vittoria und am nächsten Tag steht unsere Abreise bevor.

Am nächsten Morgen verabschieden wir uns am Bahnhof von Tante Vittoria und Frau Rosa. Kurz bevor wir in den Zug einsteigen, winkt mich Frau Rosa zu sich herüber: «Liebling», beginnt sie, während sie mir ein breites, dünnes Paket in die Hand drückt, «wie ich dir bereits gesagt habe, vergiss nicht, dass es dir auch Dinge zeigen kann, die du nicht siehst, aber woran sich dein Herz immer erinnern wird.» Sie zwinkert mir fröhlich zu, ich bedanke mich bei ihr für alles und winke ihr und Tante Vittoria zum Abschied zu.

Als ich mich schließlich im Zug neben meiner Mutter hinsetze und wir langsam den Bahnhof des Dorfes verlassen, öffne ich vorsichtig das Paket. Ich weiß bereits, was drin ist. Es ist das Bild, das Frau Rosa gemalt hat, als wir gestern Abend den Berg hochgestiegen sind. Ich lächele und werfe zufrieden einen Blick aus dem Fenster. Es ist noch eine sehr lange Reise nach Hause, aber mir fällt etwas sehr wichtiges ein, was ich noch erledigen muss.

Mit einem guten Gefühl nehme ich mein Aufgabenheft aus der Tasche und lese den Text ganz oben: *Viele große, berühmte Menschen der Vergangenheit hatten einen Lehrer, der sie auf die Suche nach sich selbst führte. Wer ist deine Inspiration?*

Dieses Mal war ich mir zum ersten Mal sicher, was genau ich schreiben sollte: «Meine Inspiration ist die Dame aus den Bergen.»

Und somit sind wir schon am Ende meiner Geschichte angelangt. Es klingt weit hergeholt, aber dank meines Themas habe ich den Wettbewerb meiner Schule gewonnen. Das ist aber bei weitem nicht das wichtigste für mich. Durch diesen Wettbewerb habe ich herausgefunden, dass das Schreiben im Grunde gar nicht so schlecht ist, und dass meine Worte gar nicht mal so schlecht klingen, wenn ich wirklich weiß, was ich sagen möchte.

Seit ich mehr darüber herausgefunden habe, wer ich wirklich bin, fällt es mir zudem wesentlich leichter, gerne und mit Freude zu schreiben, und nicht nur als Pflicht für die Schule. Und so habe ich dank eines Wettbewerbs und einer Reise nach Kalabrien meine Leidenschaft des Schreibens entdeckt.

Jetzt versteht ihr bestimmt, warum ich in diesem Vorwort zu meinem ersten Roman unbedingt diese Geschichte erzählen möchte. Das Buch, was ihr in der Hand haltet, ist keine Autobiographie, aber genau so wie die Gemälde von Frau Rosa erzählt es ein bisschen von dem Jungen hinter dem Stift, von seinen Träumen, seinen Wünschen und wie er endlich die Inspiration fand, nach der er sein ganzes Leben lang gesucht hat.

LIAS ERKENNTNIS
MAJA LORENZMEIER

Gelangweilt saß ich im Deutschunterricht. Schon wieder hielt Frau Fischer einen Monolog über das Leben und wie es in verschiedenen Bücher und Geschichten dargestellt wird. Mir stieg Rauch in die Nase und ich fing an zu husten. Als ich aus dem offenen Fenster der letzten Reihe sah, bemerkte ich ein paar Jugendliche, die rauchten. Bis auf mich schien es aber keiner zu bemerken. Nicht, weil alle wie gebannt Frau Fischer zu hörten. Nein, im Gegenteil. Aber ich bekam einfach wenig Luft und immer, wenn die Luft schlecht war oder jemand in meiner Nähe rauchte, machte sich der Krebs in mir zu bemerken.

Ich überlegte kurz, ob ich Frau Fischer auf die rauchenden Jugendlichen aufmerksam machen sollte. Doch schließlich fand ich, dass das Petzen war und die Jugendlichen so Ärger bekommen würden. Auch das Fenster zu schließen war keine Option, da sich sonst alle beschweren würden, das es zu heiß wäre. Also ließ ich das Fenster bis zum Ende der Stunde auf und hielt den Rauch aus.

«Bis Morgen schreibt ihr bitte einen drei Seiten langen Aufsatz als Antwort auf die Frage, was leben heißt.», schallte Frau Fischers Stimme, als es schellte, durch den Raum. Ich stöhnte.

Zuhause angekommen, nahm ich mir einen Apfel und ein bisschen kalte Pizza und ging in mein Zimmer. Dort setzte ich mich an meinen Schreibtisch und fing mit dem Aufsatz an, um es hinter mich zu bringen. Ich schrieb: «Zu leben heißt, dass...» Dann viel mir nichts mehr ein. Ich überlegte und schrieb immer wieder etwas auf, strich es dann aber jedes Mal durch. Eine halbe Stunde später war ich kein bisschen weiter gekommen. Letztendlich beschloss ich raus zu gehen, um den Kopf frei zu kriegen.

Nachdem ich die Haustür hinter mir geschlossen hatte, wandte ich mich willkürlich nach rechts und ging los. Ich achtete nicht darauf wohin ich ging und blendete alles aus. Erst als ich aus der Puste war und anhielt, nahm ich die Gegend um mich herum wieder war. Nicht weit von mir stand eine Bank mit Blick auf das Wasser. Ich setzte mich, schloss für einen Augenblick die Augen und atmete tief durch.

«Ist alles in Ordnung?», fragte dann plötzlich eine Stimme hinter mir.

Erschrocken machte ich die Augen wieder auf und drehte mich um. Diejenige, die gefragt hatte, war ein Mädchen. Ich kannte sie nicht, aber sie schien etwa in meinem Alter zu sein und sah mich besorgt an.

«Nein, alles gut, aber danke.», antwortete ich deshalb schnell.

Das Mädchen setzte sich ungefragt zu mir und erklärte: «Ich dachte nur, weil du irgendwie... Ach, keine Ahnung, ich weiß auch nicht... Mein Name ist übrigens Marie.» Sie lächelte mich an.

«Lia», stellte ich mich dann auch vor und versuchte ebenfalls zu lächeln, was allerdings nicht ganz klappte.

«Ist wirklich alles in Ordnung? Du siehst irgendwie verzweifelt aus.» Ich wunderte mich selbst. Das Mädchen, das vor mir saß, konnte beeindruckend gut erkennen wie es mir gerade psychisch ging. Denn eigentlich gelang es mir immer recht gut meine Emotionen hinter einem Lächeln zu verstecken.

Auf ihren fragenden Blick hin, erklärte ich, dass ich einfach nur verzweifelt wegen einer Deutschhausaufgabe war. Den Teil mit dem Krebs ließ ich weg...

«Deutsch? Was musst du denn machen? Vielleicht kann ich dir ja helfen.» Das Mädchen, Marie, wirkte ernsthaft interessiert, sodass ich ihr antwortete.

«Ich muss einen Aufsatz darüber schreiben, was leben heißt... Und das einzige, was ich bereits geschrieben habe ist: Zu leben heißt, dass...»

Marie schaute mich verwundert an. «Damit habe ich um ehrlich zu sein nicht gerechnet. Ich dachte eher du bräuchtest Hilfe bei einer Charakterisierung oder so...», erklärte sie schmunzelnd. «Was fällt dir denn so schwer?»

Ich überlegte, wusste es aber irgendwie auch nicht. «Keine Ahnung. Ich weiß einfach nicht was ich schreiben soll. Ich meine, was heißt leben denn?» meine Stimme hörte sich total verzweifelt an, was ich normalerweise gar nicht von mir kannte. Normalerweise zeigte ich anderen aber auch nicht, wie ich mich gerade fühlte. Es war so einfach leichter, allen alles recht zu machen und keine Probleme zu verursachen. Gerade wegen meines Krebses machten meine Eltern viel durch, da wollte ich sie nicht noch belasten. Die Luft heute war trocken und ich bekam langsam nicht mehr gut Luft, weshalb ich mein Asthmaspray aus meiner Tasche holte. Ich hatte es immer dabei, denn auch wenn es nicht gegen den Husten half, bekam ich dadurch wenigsten ein bisschen besser Luft. Mir war es peinlich vor einer Fremden zu inhalieren, doch es war eben nötig. Nachdem ich das Spray wieder weggesteckt hatte, kam dann schließlich auch die erwartete Frage.

«Hast du Asthma?», fragte Marie neugierig. Ich überlegt, ob ich einfach mit Ja antworten und den Krebs nicht erwähnen sollte, fand aber dann irgendwie, dass das eine Lüge gewesen wäre.

«Eigentlich nicht, ich habe Lungenkrebs und das Asthmaspray hilft mir besser Luft zu bekommen.», sagte ich also schnell und sah sie abwartend an. Würde sie mir gleich einen abfälligen Blick zuwerfen und gehen? Oder würde sie mich einfach mitleidig angucken? Doch Marie tat nichts von beiden. «Oh, das tut mir leid. Krebs ist scheiße.», sagte sie einfach und nahm mich dann ohne groß zu überlegen in den Arm.

Ich wusste wie schwer es war angemessen zu reagieren, deswegen sagte ich schnell: «Schon gut, nicht so schlimm.» Obwohl das eine glatte Lüge war. Es war schlimm und ich weinte deshalb Abend für Abend alleine in meinem Zimmer, damit niemand mitbekam wie schrecklich es mir ging. Und irgendwie bekam ich meine Gefühle heute einfach nicht in den Griff, weswegen ich auf einmal in Maries Armen anfing zu weinen. Die Tränen, die ich nun nicht mehr zurückhalten konnte, rollten mir über die Wangen und all die Ängste, die ich versucht hatte zu unterdrücken und die sich in den letzten Monaten in mir angestaut hatten, brachen aus mir raus.

Als ich mich nach einer Weile beruhigt hatte, lösten wir uns und Marie sah mich an. Erst jetzt begriff ich, dass ich so eben einem Mädchen, das ich gerade mal zwei Minuten kannte, mein Herz ausgeschüttet hatte.

«Oh Gott, tut mir leid.», nuschelte ich beschämt und sah zur Seite. Was hatte ich mir nur dabei gedacht?

«Nein, alles gut. Nichts muss dir leid tun.», meinte Marie aber mit einem mitfühlenden Blick. «Anscheinend hat sich da ganz schön viel in dir zusammen gestaut. Ist doch klar, dass das irgendwann raus muss.» Darauf wusste ich erstmal nichts zu antworten, weshalb ich sie einfach nur dankbar ansah. Sie lächelte, doch auf eine Weise schien ihr Blick überlegend.

«Darf ich dich mal was fragen, Lia?» Langsam nickte ich. «Kann es sein, dass… Nun ja, kann es sein, dass du deshalb keine Antwort auf die Frage, was leben heißt, weißt, weil du nur weißt was für andere leben heißt?» Verwirrt blickte ich sie an.

«Wie meinst du das?» Sie überlegte nochmal kurz. «Nun ja, also offensichtlich, hast du deinen ganzen Kummer wegen des Krebses keinem erzählt. Und ich gehe jetzt mal wage davon aus, dass du, auch wenn jemand, so wie ich, gefragt hat wie es dir geht, du eine Maske aufgezogen und deine ganzen Gefühle und Emotionen dahinter versteckt und sie zurückgehalten hast. Meine Frage wäre jetzt, warum?»

Verwirrt und ein bisschen wütend sah ich zur Seite. Woher wollte sie bitte wissen wie es mir ging? Sie kannte mich doch gar nicht und um ehrlich zu sein, glaubte ich auch nicht, dass sie eine Ärztin war. Anscheinend merkte Marie, dass sie mich verärgert hatte, denn als ich wieder hochsah, blickte sie mich entschuldigend an.

«Sorry, ich wollte dich nicht verärgern. Das alles kann ich gar nicht wissen.» Irgendwie tat sie mir jetzt aber leid wie sie da so guckte.

«Nein, mir tut's ja auch leid. Ich hätte nicht so doof reagieren sollen, du wolltest ja nur helfen.» Während ich das sagte, verstand ich selber nicht mehr, wieso ich so sauer geworden bin. Nachdem ich geendet hatte, sagte dann auch erstmal keiner etwas und wir hörten nur das Plätschern des Flusses.

Plötzlich klingelte ein Telefon. Erst dachte ich es wäre Maries, bis ich schließlich begriff, dass es meines war.

«Ja?», ging ich ran, da ich wegen des Namens auf dem Display schon wusste, wer es war.

«Lia? Geht es dir gut? Wo bist du? Ich hab mir Sorgen gemacht!» Meine Mutter hörte sich sehr besorgt an.

«Ja, Mom. Mir geht's super. Ich bin gerade spazieren.», antwortete ich deshalb schnell und lächelte, damit es so klang, als hätte ich Spaß. Darauf konnte ich ein erleichtertes Aufatmen durch die Leitung hören. «Was machst du eigentlich schon zu Hause?», fragte ich dann, da sie meistens erst um 14:30 Uhr von der Arbeit kam.

«Schon?», seufzte es vom anderen Ende. «Lia, wir haben bereits 15:00 Uhr.» Verwirrt sah ich auf meine Uhr.

Tatsächlich, war es bereits so spät. «Ok, Mom, ich komme gleich nach Hause.», antwortete ich, da es sowieso das war, was sie bestimmt gleich fragen würde. Wie zur Bestätigung stimmte sie mir zu und legte dann mit einem «Bis gleich!» auf.

«Sorry, ich muss los.», wandte ich mich dann entschuldigend an Marie.

«Ja, ist wohl besser.» Sie versuchte zu lächeln. «Vielleicht sehen wir uns ja mal wieder.» Ich nickte. «Bestimmt.»

«Schönen Tag noch!», verabschiedete sie sich und ich wandte mich ab.

«Und Lia…», rief sie dann aber doch nochmal. «Ja?», erwiderte ich und drehte mich um. Marie schaute mir in die Augen. «Es ist nicht gut für dich, nur das zu machen, was andere wollen. Du solltest für dich leben, nicht für andere…», mit den Sätzen stand sie auf und ging.

Auf dem ganzen Nachhauseweg bis zu unserer Haustür dachte ich über Maries Worte nach. Meinte sie wirklich, dass ich nicht mehr auf andere Menschen Rücksicht nehmen soll? Nachdem ich kurz meine Mutter in der Küche begrüßt und mir einen Keks genommen hatte, ging ich schließlich in mein Zimmer und legte mich auf mein Bett. Als ich den bisherigen Tag revue passieren ließ, wurde mir jedoch klar, dass Marie eine ganz andere Sache meinte und auf eine bestimmte Weise damit Recht hatte.

Warum hatte ich ihr von Anfang an nichts von meinem Krebs erzählt? Weil ich Angst hatte wie ein fremder Mensch, den ich vorher noch nie gesehen habe, darauf reagieren würde? Oder eher, weil ich sie in keine unangenehme Situation bringen wollte? Und auch heute in der Schule. Klar, wäre es doof gewesen die rauchenden Jugendlichen zu verpetzen, aber ich bekam ja offensichtlich schlecht Luft. Also warum hatte ich dann Frau Fischer oder wenigstens die Jugendlichen nicht gefragt, ob sie weggehen können…? Hatte ich das alles für mich oder für die anderen getan? Und wäre es egoistisch gewesen, hätte ich die Jugendlichen verpetzt und Marie nichts vom Krebs erzählt? Auch meiner Mutter zu liebe, war ich schon um 15:00 Uhr nach Hause gekommen, damit sie sich nicht noch mehr Sorgen machte.

Es dauerte zwei Stunden, bis ich begriff, dass Marie mir die Lösung für meine Deutschaufgabe gegeben hatte. Und das sogar mehrmals. Bevor ich gegangen bin, hat sie es mehr als deutlich gemacht. Doch bevor ich mich an meinen Schreibtisch setzen konnte, rief mich meine Mutter zum Abendessen. Sowohl meine Mutter, als auch mein Vater, der mittlerweile ebenfalls von der Arbeit gekommen ist, merkten allerdings schnell, dass ich nicht bei der Sache war. Auf ihr Frage hin, was los sei, erklärte ich, dass ich eine Entdeckung gemacht hatte und deshalb ganz schnell meine Deutschhausaufgabe zu Ende schreiben muss. Beide ließen mich aufstehen und meinen Auflauf mit in mein Zimmer nehmen.

Dort wieder angekommen nahm ich direkt einen Stift und schrieb auf Anhieb drei Seiten darüber, dass leben heißt, dies nicht immer für andere, sondern auch für sich selbst zu tun. Ich erklärte aber auch, dass man in manchen Situationen entscheiden muss, ob man selbst wichtiger ist, als die anderen.

Als ich den Stift weglegte, las ich nochmal drüber, um die Rechtschreibfehler zu korrigieren. Mit gutem Gewissen legte ich mich, nachdem ich den mittlerweile kalten Auflauf aufgegessen hatte, schließlich in mein Bett und schlief ein.

Am nächsten Morgen im Deutschunterricht rief mich, wie das Schicksal es wollte, Frau Fischer auf, um meinen Aufsatz vorzulesen. Als ich geendet hatte, war es kurz still, doch dann klatschten alle höflich.

Nach der Stunde, in der wir noch fünf weitere Aufsätze gehört hatten, kam Frau Fischer schließlich noch zu mir an den Tisch.

«Das war ein sehr guter Aufsatz, Lia. Er hat mich sehr berührt.» Ich bedankte mich mit einem Lächeln, das ich auch diesmal wirklich so meinte, und Frau Fischer ging.

Ich begriff, dass ich zwar stolz auf meinen Aufsatz, aber noch stolzer und glücklicher darauf bin, dass ich verstanden hatte, dass ich nicht für andere lebte.

LA SCOPERTA DI LIA
MAJA LORENZMEIER
Traduzione di Jan D'Orsi

Annoiata ero lì alla lezione di Tedesco. Ancora una volta la professoressa Fisher parlava della vita e delle sue rappresentazioni nei libri e nelle storie. Del fumo mi entrò nel naso e iniziai a tossire. Quando guardai fuori dalla finestra vidi un paio di ragazzi che fumavano. Oltre me sembrava non accorgersene nessuno, ma non perché stessero ascoltando la professoressa, ansi. Solo che quando qualcuno fuma vicino a me e l'aria non è più del tutto pulita, il cancro si faceva sentire. Pensai di dire alla professoressa che stessero fumando ma ripensandoci avrei solo procurato guai a quei ragazzi. La finestra non la potevo chiudere, altrimenti tutti si sarebbero lamentati per il troppo caldo, perciò lasciai la finestra aperta e sopportai il fumo fino alla fine dell'ora,«Per domani mi scrivete un tema su cosa vuol dire la vita per voi» disse la professoressa.

Arrivata a casa mi presi una pizzetta fredda e me ne andai nella mia stanza, lì mi sedei al tavolo, presi il quaderno e la penna, iniziai a scrivere«Vivere vuol dire...». Poi non mi venne più niente in mente, pensavo e scrivevo sempre qualcosa di nuovo ma finivo sempre per cancellarlo. Passò mezz'ora ma non ero riuscita a portarmi avanti neanche di un po'. Allora decisi di uscire di casa per liberare un po' la testa. Chiusa la porta di casa iniziai a camminare senza prestare attenzione a dove andavo. Solo quando ero senza fiato mi accorsi di dove ero arrivata: ero di nuovo vicino alla scuola, ma soprattutto nelle vicinanze c'erano i ragazzi che prima, che durante la lezione, fumavano. Volevo quasi andare da loro a dirgli qualcosa, ma mi resi conto che sarebbe stato inutile parlargli. Allora mi sedei su una panchina vicino all'acqua e mi misi ad osservare come scorreva all'infinito. Ad un certo punto vidi anche dei pesciolini sguazzare nel fiumiciattolo, ma fui distratta da un'altra persona che decise di sedersi proprio a fianco a me sulla panchina. Era una ragazza della mia età che mi guardava preoccupata:«Tutto a posto?» chiese,«Tutto a posto» risposi ma lei insistette:«Sicura, non sembra proprio, comunque mi chiamo Marie» anche io mi presentai«Lia». Non riuscii più a tenere per me quello che pensavo e alla fine ammisi:«Sto avendo dei problemi con dei compiti di Tedesco...» Tralasciando la parte del cancro.«Tedesco? Forse posso aiutarti» rispose.«Devo scrivere un tema su cosa vuol dire vivere per me, ma oltre a scrivere:«Vivere vuol dire..., non so cosa fare». Marie sembrò essere sorpresa: «Wow, non pensavo si trattasse di questo, ma cosa di preciso ti è così difficile?». Non sapevo cosa rispondere, insomma scrivere un tema non è poi così difficile ma quella domanda«Cosa vuol dire vivere per me?» era ciò che mi creava problemi. Mentre parlavo con Marie la nuvoletta di fumo creata dai ragazzi dietro la scuola ci raggiunse e iniziai a tossire. A quel punto non potei evitare di tirar fuori lo spray per l'asma e inalai,«Sei asmatica?» mi chiese Marie. Ero indecisa se rispondere inventandomi una bugia o raccontare la verità. Di solito non racconto dei miei problemi, non voglio che ciò possa in qualche modo cambiare il loro modo di guardarmi, ma stranamente per questa volta decisi di fare un'eccezione:«In realtà no, ho un cancro ai polmoni che mi crea problemi respiratori». Marie sembrava seriamente dispiaciuta per me«Mi dispiace il cancro fa schifo». Mi sentii in dovere di alleviare le sue preoccupazioni, perciò risposi«Non ti preoccupare, non è poi così terribile'. Fu proprio questa frase che avevo appena detto senza pensarci troppo che mi fece ripensare di come stessi vivendo, di come passavo le sere nella mi camera a osservare il buio dalla finestra, spesso piangendo senza neanche rendermi conto del motivo. Di come ormai anche a scuola mi isolavo, entrando solo per mettersi dietro al banco, aspettare che passassero le ore e riuscire a volte senza neanche parlare a nessuno. A quel punto non riuscii più a tenere per me la disperazione e iniziai a piangere nelle braccia di Marie. Mi osservò con uno sguardo comprensivo senza dire niente, solo allora mi resi conto di essermi appena confidata con una ragazza che avevo conosciuto pochi minuti prima. Immediatamente mi scusai ma lei disse«Non devi scusarti, dentro di te hai talmente tante emozioni represse che era normale che prima o poi uscissero». Non sapevo più che dire, era raro trovare una ragazza della mia età così comprensiva verso qualcuno che appena conosceva,«Lia, potrebbe essere che forse proprio per questo non riesci a trovare la risposta alla domanda, cosa vuol dire vivere per te, perché sai solo cosa ciò vuol dire per gli altri ma non per te.» Perplessa chiesi«Cosa intendi?». Lei ci ripensò un attimo e rispose«Mi sembra di capire che non hai mai raccontato a nessuno dei tuoi problemi e soprattutto del tuo cancro. Immagino che quando qualcuno ti ha chiesto come andasse, non hai mai detto la verità ma hai sempre tenuto nascoste le tue emozioni. La mia domanda ora è perché?» Ero un po' arrabbiata perché sicuramente questa ragazza non era una qualche sorta di medico; eppure, si interessava così tanto a me, riuscendo a capire cosa provavo nonostante non lo avessi mai detto a nessuno. Quando alzai lo sguardo e incrociai i suoi occhi capii che lei doveva aver intuito la mia irritazione e infatti disse«Scusa, non volevo darti fastidio. Di tutto ciò io non posso sapere nulla.» Mi sentii quasi come se la avessi offesa e cercai subito di rimediare«Non ti preoccupare, non avrei dovuto reagire così, volevi solo aiutarmi.» Non feci in tempo a finire di parlare che un telefono squillò, pensavo che fosse quello di Marie ma mi accorsi che in realtà era il mio. Immediatamente risposi, era mia madre:«Lia, tutto bene? Mi stavo preoccupando, ma dove sei andata?» «Non ti preoccupare mamma, tutto a posto, sono andata a fare un giro» «Cosa fai già a casa, di solito torni dal lavoro verso le 14:30» «Marie, sono già le 15:00!» Sorpresa controllai l'orologio e d'avvero si era fatto così tardi. «Ok, ora torno a casa.» «A presto!» dopo aver chiuso la chiamata dissi «Perdonami, ma devo andare si è fatto tardi e ho ancora un tema da scrivere per domani!» Marie rispose «Non ti preoccupare, forse ci rivediamo qualche volta.» Ci salutammo e quando stavo per andarmene mi chiamò «Lia?» «Sì?» «**Non ti fa bene fare solo quello che vogliono gli altri. Dovresti vivere per te, non per gli altri...**» Dicendo ciò si alzò e andò via. Per tutta la strada del ritorno ripensai alle sue parole, d'avvero voleva che non facessi quello che gli altri si aspettavano da me? Oppure intendeva che non dovevo lasciarmi influenzare dai pensieri altrui? Arrivata a casa salutai velocemente mia madre e tornai nella mia stanza. Ripensando alle parole di Marie con più calma le interpretai in questo modo: «Perché non racconto mai a nessuno del mio cancro, perché oggi a scuola non ho spiegato alla professoressa il mio problema oppure a quei ragazzi che fumavano? Perché pur di non dirgli niente ho respirato il fumo che mi dava così fastidio?» Nonostante avevo capito cosa Marie mi aveva detto non riuscii a scrivere niente per ore, finché mia madre non mi chiamò per la cena. Anche mio padre era tornato dal lavoro e presto si accorsero che con la mente ero assente, alle loro domande rispondevo appena, ma, nonostante ciò, mi lasciarono in pace. Appena finito di mangiare andai nella mia camera e provai a scrivere il tema e per la prima volta riuscii a completare tre pagine senza accartocciare il foglio e buttarlo via. Scrissi che per me vivere non significa solo farlo per le altre persone, ma anche per sé stessi, ma in alcune situazioni bisogna decidere se il nostro benessere viene prima del giudizio altrui. Ricorressi tutto il tema, nella foga delle sensazioni avevo commesso molti errori, ma andai a dormire soddisfatta del mio lavoro. La soddisfazione per come ero riuscita a scrivere il tema non era l'unico motivo per cui dormii bene per la prima volta dopo molti mesi, ma l'essere riuscita a capire cosa fare, come uscire da quella situazione e ricominciare a vivere bene era la motivazione principale. La mattina del giorno dopo alla prima ora avevamo la professoressa Fisher e lessi il mio tema. Alla fine dell'ora, dopo averne ascoltati altri cinque, la professoressa venne da me e si congratulò per il tema «Mi è piaciuto molto, mi ha veramente toccata». Ringraziai con un sorriso, ero contenta per il tema ma ancor di più per aver capito che non vivevo per gli altri.

L'ONDA
JAN D'ORSI

Ero ancora piccolo quando la mia vita si infranse, proprio come un'onda che arriva nel suo punto più alto per poi cadere, senza preavviso, e mentre sei ancora frastornato dall'impatto ti trascina con sé nel mare.

Tutto iniziò una mattina d'autunno, mi ero svegliato stanco ma dopo la colazione ero pronto per andare a scuola, la sera prima ero andato alla festa di compleanno del mio migliore amico Andrea, aveva compiuto 10 anni e ci eravamo divertiti molto. Perlomeno così pensavo io, mentre mi scatenavo alla festa e davo libero sfogo alla mia felicità non mi accorsi delle foto che mi stavano facendo Gabriele e Mattia, loro erano sempre stati strani con me, mi guardavano a lungo per poi scambiarsi occhiate d'intesa e ridacchiare. Appena entrato in classe tutti mi fissarono e non potei non notare che molti cercarono di nascondere i propri sorrisi, mentre Mattia e Gabriele iniziarono a ridere ad alta voce trascinando con sé tutta la classe che finì per ridere tutta insieme. Non capivo proprio cosa avesse scatenato la risata e vidi Andrea che mi guardava quasi volendomi chiedere scusa per poi spostarsi e cambiare banco, noi eravamo seduti da sempre vicini e quando si spostò capii che qualcosa di grave doveva essere successo.

Soltanto durante la merenda, quando Gabriele mi mostrò le foto deridendomi riuscii a comprendere cosa era successo. Arrossai immediatamente e l'unica cosa che volevo in quel momento era scomparire: le foto mi ritraevano nelle posizioni più ambigue, una mentre saltavo e alzavo le mani al cielo con la faccia mossa, un'altra mi ritraeva mentre nella mia danza scatenata muovevo le gambe strampalate all'aria. Quella sera non stavo dando caso a tutto ciò, l'unica cosa che mi importava era divertirmi e ballare al ritmo della musica sfrenata, le foto erano molteplici una peggio dell'altra ed erano state inviate in un gruppo nel quale erano presenti tutti i membri della classe tranne me. Il gruppo aveva come foto la mia faccia contratta in una smorfia ed era strapiena di foto simili, esisteva già da tempo e persino Andrea alle mie spalle mi prendeva in giro lì. Si sentiva gratificato quando ai suoi insulti seguivano delle risate e gli altri gli prestavano attenzione, era la stessa cosa per tutti, molti in passato mi avevano anche trattato con gentilezza ma appena gli si era presentata l'occasione di deridermi per essere considerati meglio dagli altri non avevano esitato a farlo. Dopo aver visto le foto e il gruppo mi alzai dalla sedia e corsi in bagno: tornai in classe solo alla fine della merenda, con lo sguardo basso, il viso era in fiamme e gli sguardi nuovamente fissi su di me.

Quando la scuola finì me ne tornai a casa in fretta e furia, mi chiusi in camera e iniziai a piangere, piansi lacrime amare. Fino alla sera prima tutto andava bene, mi stavo divertendo come mai in vita mia, mi sentivo veramente felice. Non immaginavo nemmeno che in quel momento di contentezza stesse accadendo una cosa così orribile, tutti i miei compagni, ma soprattutto Andrea, proprio tu Andrea, tu che per me eri stato il mio migliore amico, tu che mi hai sempre fatto ridere, proprio tu che mi hai sempre reso felice, Come hai potuto fare ciò??

I miei genitori iniziarono ad accorgersi che qualcosa non andava quando a pranzo non volevo saperne di mangiare, all'inizio tentai di dire «nulla», «va tutto bene», ma ad un certo punto non ce la facevo più a tenere per me tutto ciò e lo dissi, urlai la mia disperazione al mondo: la vita di un bambino che fino al giorno prima era così contento e per colpa della società in cui viveva il giorno dopo si sente totalmente distrutto, da così in alto cade così in basso.

Il giorno dopo i miei genitori andarono dal preside per denunciare l'accaduto, chiamarono gli insegnanti e gli spiegarono la situazione, fu proprio in quel momento, quando avevo appena subito l'impatto dell'onda che si infrange che fui tirato via: gli insegnanti non credettero a neanche una parola, cercarono di convincermi che forse mi sbagliavo, che forse era solo un'esagerazione della mia mente, che in realtà tutto andasse bene. Furono molto convincenti. I miei genitori li ascoltarono, forse per paura di accettare che una cosa così grave potesse essere accaduta al loro figlio o forse perché in fondo ero solo un bambino al quale cosa importa del giudizio altrui?

Io sapevo che ciò che era successo era vero, che non era uno scherzo da nulla ma era quello che alcuni grandi chiamavano bullismo, ma il bullismo tanto è solo una cosa di cui ogni tanto si sente parlare è solo quella cosa che ogni tanto i grandi nominano, di certo non è una di quelle cose che può succedere proprio a te, di certo non è una cosa che può colpire un bambino così felice, è solo una cosa che ogni tanto vedi all'orizzonte quando leggi sui giornali che un ragazzo si è ucciso perché è stato *bullizzato* dai suoi compagni, non immagini che possa colpirti finché non lo fa. E quando lo fa è peggio di qualsiasi cosa tu creda, tu quando ne senti parlare dici «ma si chi è così stupido da uccidersi per un giudizio di altri» o «Io non lo farei mai, cosa me ne importa a me degli altri!» ma non concepisci che quando ciò accade d'avvero a te cadi in uno stato di tristezza che ti consuma il cuore, che ti schiaccia al terreno e non ti fa ragionare.

Dopo l'impatto della caduta la cosa peggiore è stata proprio il sentirsi dire che non era vero, che tutto era apposto, fu proprio questo che mi trascinò verso le profondità del mare della tristezza, ma non con un galleggiante o un salvagente che ti dia la possibilità di risalire, ma con dei pesi di ferro ai piedi che ti rendono impossibile la risalita. E' per questo che non si dovrebbe mai sottovalutare il bullismo, può sembrare una cosa da niente e se tutti fossero attenti a questo fenomeno probabilmente lo sarebbe anche ma quando tutti credono che sia una cosa lontana e inesistente ecco che diventa molto peggio ecco che dopo l'impatto vieni anche affogato.

Alla fine questi eventi modificarono per sempre la mia vita, ogni volta che sento parlare di bullismo non posso non pensare a ciò che successe e molte scelte seguenti furono ancora a distanza di anni influenzate da ciò. Quando dovetti scegliere la scuola media non scelsi quella che più poteva interessarmi o tornarmi utile ma scelsi quella dove nessun compagno delle elementari c'era, quando andavo alla festa di qualcuno mai mi divertivo, oltre a evitare di ripetere ciò che era successo anche solo la parola «compleanno» mi ricorda il passato di cui non voglio più sapere nulla. La cosa più triste era vedere gli altri che ballavano, si scatenavano e non mettevano freno alla loro felicità, mentre io stavo lì a guardare senza il coraggio di muovermi perché Gabriele e Mattia potevano cambiare nome ma essere in fondo la stessa persona, quella che ti fotografa di nascosto mentre ti diverti solo per sentirsi meglio, e no quando cresci le cose non migliorano, le persone di questo tipo non cambiano, ansi peggiorano soltanto l'atto di bullismo diventa solo più pesante col passare degli anni e le conseguenze a quel punto sono anche peggiori.

DIE WELLE
JAN D'ORSI
Aus dem Italienischen von Maja Lorenzmeier

Ich war noch sehr klein, als mein Leben zerbrach. So wie eine Welle, wenn sie am höchsten Punkt ankommt und dann ohne jede Vorwarnung herunterfällt. Und während du noch ganz benommen bist, reißt sie dich mit ins Meer.

Die Sache mit der Welle began an einem Herbstmorgen. Eigentlich war alles wie immer. Müde und noch erschöpft wachte ich auf und nachdem ich gefrühstückt hatte, ging ich zur Schule. Das war, bevor ich am Abend zur Geburtstagsfeier meines besten Freundes Andrea ging. Er wurde zehn Jahre alt und eigentlich hatten wir an diesem Abend viel Spaß. Ich tobte mich auf der Party aus und ließ meiner Freude freien Lauf. Doch während all dem bemerkte ich nicht, wie Gabriele und Mattia, die ich nicht sehr mochte, Fotos von mir machten. Lange sahen sie mich an, tauschten dann einvernehmliche Blicke und kicherten.

Kaum betrat ich am nächsten Morgen das Klassenzimmer, starrten mich alle an. Ich konnte nicht umhin zu bemerken, dass viele versuchten, ihr Lächeln zu verstecken, während Mattia und Gabriele anfingen laut zu lachen und die ganze Klasse mit sich rissen, bis schließlich alle zusammen lachten. Ich verstand nicht, was das Lachen ausgelöst hatte und bemerkte, wie Andrea mich ansah, fast als wollte er sich entschuldigen. Und dann stand er auf und wechselte die Bank. Wir waren immer Sitznachbarn gewesen und als er sich wegsetzte, zerriss es mir das Herz. Ich wusste, dass etwas sehr Schlimmes passiert sein musste.

Erst während der Pause, als Gabriele mir die Fotos zeigte und mich verspottete, verstand ich. Ich verstand, warum mich alle an diesem Morgen ausgelacht hatten und warum sich Andrea weggesetzt haben musste. Ich verstand, was Gabriele und Mattia auf der Party getan haben mussten. Sofort wurde ich rot und das einzige, was ich in diesem schrecklichen Moment der Erkenntnis wollte, war zu verschwinden: Die Fotos zeigten mich in den zweideutigsten Positionen. Auf einem sprang ich und hob meine Hände mit einem komischen Gesicht zum Himmel, ein anderes zeigte mich während eines wilden Tanzes, die Beine verrückt in der Luft. Ich hatte an diesem Abend nicht auf all das geachtet, es ging mir nur darum, Spaß zu haben und im Rhythmus der wilden Musik zu tanzen. Manches Foto war schlechter als das andere, sie wurden aber in einer Gruppe verschickt, in der alle aus der Klasse außer mir waren. In der Gruppe befand sich unter anderem auch ein Foto von meinem zu einer Grimasse verzogenen Gesicht. Die Gruppe, die voll von ähnlichen Fotos war, gab es schon länger und sogar Andrea hatte sich hinter meinem Rücken über mich lustig gemacht. Er freute sich, wenn seine Beleidigungen von Gelächter gefolgt waren und wenn andere ihm Aufmerksamkeit schenkten, es war für alle dasselbe. Viele hatten mich in der Vergangenheit auch freundlich behandelt, aber sobald sich ihnen eine Gelegenheit bot, mich zu verspotten, um von anderen besser angesehen zu werden, zögerten sie nicht, dies zu tun. Nachdem ich die Fotos und die Gruppe gesehen hatte, stand ich von meinem Stuhl auf und rannte auf die Toilette: Erst ganz am Ende der Pause ging ich mit gesenktem Blick zurück in die Klasse. Mein Gesicht brannte und alle Blick waren wieder auf mich gerichtet.

Als es nach der letzten Stunde schellte fiel mir ein Stein vom Herz. Endlich konnte ich nach Hause. Dort angekommen schloss ich mich in meinem Zimmer ein und fing an zu weinen. Bittere Tränen rollten mir über die Wangen und ich dachte die ganze Zeit daran wie das hätte passieren können. Bis zum Vorabend war alles gut gewesen, ich hatte Spaß wie noch nie in meinem Leben und ich fühlte mich wirklich glücklich. Nie wäre ich darauf gekommen, dass in diesem Moment des Glücks so etwas Schreckliches hätte passieren können. Alle meine Mitschüler. Aber vor allem Andrea, ausgerechnet du, Andrea. Du, der mich immer zum Lachen gebracht hat, du, der mich immer glücklich gemacht hat. Wie konntest du das nur tun?

Als ich zu Mittag nichts essen wollte, fingen meine Eltern an zu merken, dass etwas nicht stimmte. Erst versuchte ich es mit «nichts» und «schon gut», doch irgendwann fiel es mir nur noch schwer, die ganze Sache für mich zu behalten. Dann habe ich es ihnen gesagt und meine ganze Verzweiflung habe ich in die Welt herausgeschrien: Wie war es möglich, dass das Leben eines Kindes, das bis zum Vortag noch so glücklich gewesen ist, auf Grund der Gesellschaft, in der es lebte, von so hoch, so tief fällt und sich total zerstört fühlt.

Am nächsten Tag gingen meine Eltern zum Schulleiter, um den Vorfall zu melden. Sie riefen die Lehrer an und erklärten ihnen die Situation. Und genau in diesem Moment, als ich gerade den Aufprall der krachenden Welle erlebt hatte, wurde ich weggerissen: Die Lehrer glaubten mir kein einziges Wort. Sie versuchten sogar mich davon zu überzeugen, ich könnte mich vielleicht irren und dass das ganze vielleicht nur eine Übertreibung meines Verstandes sei, dass in wirklich alles in bester Ordnung ist. Sie waren sehr überzeugend. Meine Eltern hörten auf sie, vielleicht aus Angst, zu akzeptieren, dass ihrem Sohn etwas so Schlimmes zugestoßen sein könnte oder vielleicht, weil ich im Grunde nur ein Kind war, das sich um das Urteil anderer sorgte?

Ich wusste, dass es echt war. Ich wusste genau, dass ich mir das weder eingebildet, noch falsch interpretiert hatte. Es war kein Scherz, aber es war das, was viele Mobbing nannten. Aber für die meisten ist Mobbing einfach etwas, wovon man hin und wieder hört. Nur eine Sache, die Erwachsene mal erwähnen und definitiv nicht etwas, was einem selbst zustoßen kann und das ein so glückliches Kind betreffen kann. Eben nur etwas, das man mal in der Zeitung sieht, wenn ein Kind sich umgebracht hat, weil es gemobbt wurde. Man kann sich nicht vorstellen, dass es einen selbst treffen kann, bis es passiert.

Das Schlimmste nach dem Aufprall war, dass mir gesagt wurde, dass es nicht stimmt und dass alles in Ordnung ist. Und das hat mich in die Tiefe der Traurigkeit gezogen, aber nicht mit einem Rettungsring, der einem die Chance gibt, wieder aufzusteigen, sondern mit eisernen Gewichten an meinen Füßen, die es mir unmöglich machten, wieder aufzusteigen. Deshalb sollte man Mobbing nie unterschätzen. Es mag wie eine Kleinigkeit erscheinen, und wenn alle darauf achten würden, wäre es das wahrscheinlich auch, aber wenn alle glauben, dass es eine entfernte und nicht existierende Sache ist, wird es viel schlimmer, sodass man nach dem Aufprall untergeht.

Letztendlich haben diese Ereignisse mein Leben für immer verändert. Jedes Mal, wenn ich von Mobbing höre, zucke ich zusammen und muss daran denken, was mir passiert ist und viele der folgenden Entscheidungen wurden noch Jahre später davon beeinflusst. Als ich mich für die Mittelschule entscheiden musste, nahm ich nicht die, die mich interessierte oder mir nützlich sein könnte, ich wählte die, in die kein Mitschüler meiner Grundschule ging. Wenn ich zu einer Party von jemandem ging, hatte ich nie Spaß und vermied es zu wiederholen, was passiert war. Schon allein das Wort «Geburtstag» erinnerte mich an die Vergangenheit. Und von der wollte ich wirklich nichts mehr wissen.

Doch es war traurig zu sehen, wie die anderen tanzten, sich austobten und ihrem Glück kein Ende setzten, während ich nur dastand und zusah, ohne den Mut mich zu bewegen. Denn es gab immer Personen, die heimlich Fotos von dir machten, während du dich amüsierst. Personen wie Gabriele und Mattia, die sich besser fühlen, wenn es anderen Menschen schlecht geht. Und wenn man erwachsen ist, werden diese Dinge auch nicht besser. Solche Leute ändern sich nicht, sie werden nur noch schlimmer, das Mobbing wird mit den Jahren schlimmer und die Folgen davon sind noch schlimmer.

WAS MENSCHEN MACHEN
NORA ANTONIC

Die Hitze schiebt sich an den Häuserwänden entlang, drückt sich in den Asphalt und presst sich in die offenstehenden Fenster. Erfüllt drückend und klebrig den Raum, frisst sich weiter. Weiter, weiter.

Da ist auch ihr Zimmer keine Ausnahme. Die Hitze umschließt sie, lässt sie schwitzen. Ihr Gesicht wird von der heißen Sonne beschienen, nichts, das ihr Schatten gibt. Ihre Augen, vor der Sonne zu Schlitzen, haarfein, verengt, sehen hinunter auf das geöffnete Buch. In Leder eingeschlagen, das heiß ist von den Sonnenstrahlen.

Neben dem Buch steht ein altes Glas Wasser.

Neben dem Buch steht kein Teller mit Kuchen.

Ihre Augen fixieren immer noch das gleißende Weiß der Buchseite. Der Schweiß rinnt über ihren Rücken. Durchnässt ist ihr Shirt. In ihrer Hand liegt ein Kugelschreiber ohne Tinte, verschwitzt und glitschig von ihrem Schweiß.

Es ist heiß. Die Hitze drängt weiter. Weiter, weiter.

Sie fixiert das reine Weiß des Blatts. Rein. Weiß. Ein kleiner Schweißtropfen bildet sich in ihrer Handfläche und rinnt langsam herunter. Der Stift in ihrer Hand ist glitschig. Der Tropfen rutscht über ihre dreckige Hand auf das Blatt.

Nicht mehr rein.

Nicht mehr weiß.

Bedacht legt sie den Stift auf die erhitzte Platte neben sich und trennt das verunstaltete Blatt heraus.

Sie zerknüllt es in der Hand, macht es klein. Das reine, weiße Blatt ist jetzt eine unordentliche, nasse Kugel. Von rein, weiß zu unordentlich, nass. Ausgelöst durch einen winzigen Tropfen Schweiß.

In dem Zimmer scheint sich nahezu keine Luft mehr zu befinden. Nur Hitze. Und immer mehr Hitze dringt hinein. Weiter, weiter. Sie wendet ihren Blick wieder dem Blatt zu. Der Ball bleibt in ihre Hand, links, der Kugelschreiber, der nicht schreiben kann, rechts, der Blick fixiert, mittig. Ihre Unterarme liegen auf der heißen Pressspanplatte.

Unter der Platte ihr Schlafanzug und Winterstiefel. In ihrer Hand das reine, nasse Papier zusammengepresst zu jenem unordentlichen, nassen Ball. Sie atmet. Atmet ein die drückende Hitze, atmet aus die drückende Hitze.

Wenn jetzt jemand hinter ihr stünde würde sie schreien. Wenn jetzt jemand hinter ihr stünde würde sie schweigen.

Schreien, schweigen. Getrennt durch zwei Buchstaben.

Zwei Buchstaben sind so viel.

So wenig sind zwei Buchstaben.

Macht es Sinn sich über Buchstaben, die Wörter unterscheiden; Buchstaben, die Wörter zusammenbringen, Gedanken zu machen? Ja, nein. Nur bei Hitze, nur bei Kälte. Ob es wohl abkühlen wird? Kalt, kühl, warm, heiß. Nur Wetter. Wetter verändert uns – nicht.

Sie legt den ungeordneten, nassen Ball auf die reine, weiße Buchseite vor sich. Den Kugelschreiber, der nicht schreiben kann auf die erhitze Platte nebendran, parallel. Schiebt den Stuhl zurück. Bewegt die Winterstiefel und steht auf. Jetzt steht sie. Was macht das für einen Unterschied? Einen, keinen.

Aus dem Fenster; Menschen, essend, Menschen, lachend, Menschen, redend. Auf der anderen Seite sie, zuguckend, was Menschen machen.

Was machen Menschen?

Was machen Menschen nicht?

Winterstiefel im Sommer mit Schlafanzug tragen, machen Menschen nicht. Aber sie macht es, sie ist ein Mensch. Also machen Menschen es. Oder machen Menschen es nicht, weil es nur ein Mensch macht? Ein Mensch, kein Mensch, kein Unterschied? Während sie noch immer die Menschen ansieht, zieht sie einen Schuh aus.

Einen Winterstiefel im Sommer mit Schlafanzug tragen, machen das Menschen? Ab wann kommen wir von Mensch macht zu Menschen machen es?

Sie zieht langsam auch noch den zweiten Winterstiefel aus. Im Sommer Schlafanzug tragen, machen Menschen. Im Sommer Schlafanzug tragend neben Winterstiefeln am Fenster stehen, machen keine Menschen.

Sie dreht sich um und verlässt ihr Zimmer.

Der Flur, die Treppe, alles leer. Es ist nie leer und bald werden ihre Eltern wieder da sein und das Haus mit Lachen füllen. Sie freut sich darauf. Sie ist es nicht gewohnt allein mit ihren Gedanken zu sein. Ihre Eltern machen irgendwas, was Menschen machen. Sie ist es nicht gewohnt allein zu sein und so viel Raum zum Denken zu haben. So viel Raum zu Füllen.

36 Treppenstufen nach oben.

36 Treppenstufen nach unten.

18 Schritte bis in die Küche.

18 Schritte bis zum Treppenaufgang.

Zählen Menschen ihre Schritte?

36 Treppenstufen nach oben, 8 Schritte bis zum Bad.

9 Schritte bis zur Terrasse.

Vor der Terrassentür bleibt sie stehen. Will die Hitze nicht hereinlassen. Es ist ruhig und still, was sie an das reine, weiße Blatt erinnert. Sie geht in den Flur.

Bleibt nach genau 4 Schritten stehen.

Dann legt sie den Kopf in den Nacken und lacht. Lacht lange. Weiter, weiter.

Machen das Menschen? Sie tut es. Sie steht da und lacht, lacht, lacht.

Machen das Menschen? Sie steht da und lacht, lacht, lacht.

Hört auf, dreht sich um und geht 4 Schritte zu der geschlossenen Terrassentür.

Dreht sich um und geht 62 Schritte bis zu ihrer Zimmertür. An dem geöffneten Fenster stehen zwei Winterstiefel. Sie lacht und legt sich kopfüberhängend auf das Bett.

Machen das Menschen? Ist es überhaupt wichtig, was Menschen machen, so lange sie es nur macht?

Sie steht auf und geht zu ihrem Schreibtisch mit der Pressspanplatte. Der Schweiß an ihrem Kugelschreiber ist getrocknet, nachdenklich wiegt sie ihn in der Hand. Dann greift sie nach dem unordentlichen, nassen Ball und lässt ihn in das Wasserglas plumpsen. Er trifft unten auf das Wasser und ein perfekter Wassertropfen spritzt oben wieder heraus. Liegt auf der Pressspanplatte. Rund, rein. Aus einem brackigen Wasser ohne Form ist ein runder, reiner Wassertropfen geworden. Die Verwandlung geht also auch umgekehrt?

Machen Menschen das? Wasser angucken.

Müssen Menschen es machen, damit sie es machen kann?

Mit dem Kugelschreiber, der nicht schreiben kann, taucht sie in den Tropfen und malt ein Muster auf den Tisch.

Nach 33 Sekunden ist das Muster verdampft.

Machen Menschen das?

Sie legt den Kopf schief und lächelt.

Draußen Menschen, redend, Menschen, lachend, Menschen, essend. Ist das wichtig?

So lange möchte sie schon etwas notieren, in das Notizbuch mit dem Ledereinband. So lange, dass der Stift nicht mehr schreibt. Muss ein Stift schreiben, um ein Stift zu sein? Ist das wichtig? Sie weiß es, weiß es nicht. Will es wissen, will es nicht wissen. Die Kugel löst sich langsam auf, entfaltet sich.

Wann wird sie selbst sich entfalten? Wird sie selbst sich entfalten, hat sie selbst sich bereits entfaltet?

Ist das wichtig?

Was soll sie aufschreiben mit ihrem Stift, von dem sie nicht weiß, ob er ein Stift ist.

Sie zieht das Blatt, das nicht einmal mehr erahnen lässt, dass es einmal rein und weiß war, aus dem Wasser und legt es auf die Platte.

Sie lacht, lacht, lacht. Setzt sich.

Sie will etwas Wahres schreiben an dem Tisch, neben den Winterstiefeln.

An dem Tisch auf dem ein altes Glas Wasser steht.

Kein Kuchen steht auf dem Tisch.

Sie hebt den Stift auf und schreibt, ohne dass es sichtbar ist:

«Die Winterstiefel sind Wanderschuhe.»

Machen das Menschen? Es ist wahr.

Ein kleiner Schweißtropfen rollt auf das Blatt, die Hitze drängt in das Zimmer und lässt sie schwitzen.

Mit Schwung leert sie das alte Wasser über die Seite.

Es ist egal was Menschen machen.

COSA FANNO LE PERSONE
NORA ANTONIC
Traduzione di Benedetto Viezzi

Il calore scorre fra le mura delle case, si comprime contro l'asfalto e tenta di entrare attraverso le finestre aperte. Riempie pressante ogni abitazione.

Lei continua a mangiare. Mangia, mangia, mangia.

La sua stanza non fa eccezione. L'afa la avvolge, la fa sudare. Il suo viso è illuminato dal sole cocente, non c'è un'ombra a darle tregua. I suoi occhi diventano fessure davanti a quella opprimente luce e lei guarda in basso, verso quel libro aperto.

C'è un bicchiere d'acqua ormai rafferma vicino a quel libro

Non c'è alcun piatto di torta vicino a quel libro.

I suoi occhi fissano ancora l bianco scintillante della pagina di quel maledetto libro. Il sudore le scorre lungo la schiena. La sua maglietta è umida. Tiene in mano una penna a sfera senza inchiostro, bagnaticcia e appiccicosa.

C'è molto caldo. Continua a spingere. Lo sente comprimerla. Avanti, avanti, avanti.

Fissa il bianco, imperterrita. E' candido. Quel bianco è candido.

Una goccia di sudore si forma sul palmo della sua mano e scorre lenta lungo le dita. Scivola sul foglio. Ora è sporco.

Niente più purezza.

Niente più bianco.

Appoggia la penna su un ripiano accanto a sé. Strappa con cura quel foglio ormai deformato. Ci gioca con le dita, lo appallottola piano. Ora non è più un foglio, ma un pezzo di carta appiccicaticcio. Da qualcosa di candido a qualcosa di sporco. Tutto questo per una sola goccia di sudore.

L'aria in quella stanza sembra star scomparendo. C'è sempre più calore. Preme, preme, preme. Lei tiene stretto il foglio stropicciato nella mano sinistra, la penna senza inchiostro nella destra e lo sguardo fisso verso il centro. Gli avambracci poggiano sul ripiano in truciolo. Sotto quel ripiano, il suo pigiama e un paio di galosce.

Respira. Espira il calore, inspira il calore, espira il calore e di nuovo inspira.

Se ci fosse qualcuno dietro di lei, lei urlerebbe. Se ci fosse qualcuno dietro di lei, lei tacerebbe. Urlare, tacere. Non sono due termini così diversi in fin dei conti, no? E' solo qualche lettera. Poche lettere. Tante lettere.

Ha senso che così poche lettere facciano cambiare il significato? O che così poche lettere uniscano significati e creino pensieri? Freddo, fresco, caldo. Qualcosa che si raffredda. Il tempo non ci cambia

Appoggia la palla di cartaccia su quella pagina candida e la penna parallela ad essa, sul truciolo.

Sposta indietro la sedia. Si alza. Ora è in piedi.

Fa qualche differenza? Qualcuna, nessuna.

Guarda fuori dalla finestra: persone che mangiano, persone che ridono, persone che parlano. Guarda cosa fanno le persone.

Cosa fanno le persone?

Cosa non fanno le persone?

Indossare le galosce in estate, questa è una di quelle cose che le persone non fanno. Eppure lei lo fa e lei è una persona. In quello stesso momento ha un bel paio di galosce addosso, eppure è estate. Quindi forse le persone indossano galosce d'estate. O è forse lei a non essere una persona? Persona, non persona. C'è qualche differenza?

Si toglie le galosce.

Ragiona ancora: d'estate le persone indossano pigiami, certamente. D'estate però le persone non abbinano i pigiami a galosce.

Si alza piano e lascia la stanza.

L'edificio è vuoto. Non è quasi mai vuoto e fra poco torneranno i suoi genitori, a riempire ancora la casa di risate. Non vede l'ora. Odia rimanere da sola. Ha bisogno che i suoi genitori facciano quello che le persone fanno e la distraggano dai suoi pensieri. Non è abituata a gestire sola troppi pensieri. Troppo spazio da riempire.

Si muove ora per la casa.

36 scalini verso l'alto.

Altri 36 scalini verso il basso.

18 passi fino alla cucina.

Altri 18 passi fino all'entrata delle scale.

Le persone contano i loro passi?

36 scalini in alto e poi 8 fino al bagno.

9 passi fino alla terrazza.

Si ferma davanti alla porta della terrazza. Non vuole far entrare il calore. Lì è tranquillo e silenzioso. Le ricorda il foglio bianco puro. Si dirige verso il corridoio.

Rimane immobile dopo 4 passi esatti.

Poi ruota la testa e ride. Una risata grassa, fragorosa.

E' questo che fanno le persone? Lo sta facendo. Sta lì e ride, ride, ride, ride.

E' questo che fanno le persone? Sta lì e ride, ride, ride, ride.

Ferma! Ora di nuovo si gira e cammina 4 passi fino alla porta del terrazzo, chiusa.

Si volta ancora e cammina nuovamente 62 passi fino alla porta della sua stanza. Sulla finestra aperta ci sono due stivali invernali. Lei ride e si stende a testa in giù sul letto.

E' questo che fanno le persone? Ma ha davvero importanza quello che fanno le persone, basta che lo facciano?

Si alza. Prende la penna in mano e la soppesa. L'inchiostro è completamente asciutto. Prende dunque la palla fatta di quella carta appiccicaticcia e la lascia sciogliere nel bicchiere in acqua, appoggiato alla lastra in truciolo. La palle non c'è più: ha lasciato il posto a pure acqua. Quindi la trasformazione avviene anche inversamente?

E' questo che fanno le persone? Guardare l'acqua.

La gente deve farlo per poterlo fare?

Immerge la penna a sfera nell'acqua e dipinge qualcosa sulla superficie in legno.

Dopo 33 secondi, il disegno è evaporato.

E' questo che fanno le persone?

Gira la testa ancora e sorride.

Fuori gente che parla, gente che ride, gente che mangia. Ha importanza?

Nota un quadernino di pelle: è da tanto che vorrebbe scriverci. Ma la penna ora non va. Mh. Una penna deve scrivere per essere una penna? Ha importanza? Lei lo sa, ma non lo sa. Lo vuole sapere, non lo vuole sapere. L'inchiostro si asciuga.

Ma ha davvero importanza?

Cosa scriverà con la penna che non sa se è una penna?

Ride, ride, ride. Si sieda.

Adesso vuole scrivere qualcosa di vero sul tavolo, qualcosa di illuminante, accanto a quegli stivali invernali.

Sul tavolo c'e' un vecchio bicchiere d'acqua.

Non c'e' nessuna torta sul tavolo.

Prende la penna e scrive, senza lasciare che si intenda:
«Gli stivali invernali non sono altro che scarpe da trekking. »
E' questo che fanno le persone? E' la verità.

Una piccola goccia di sudore rotola sul foglio, il calore entra nella stanza e la fa sudare.

Con slancio, svuota l'acqua stagnante di quello stramaledetto bicchiere sul fianco.

Non importa cosa fa la gente.

IL PAESE DELLE ANIME
BENEDETTO VIEZZI

Dalle memorie di Jacopo Frangipane (1884-1971) psicoterapeuta e psichia-
tra friulano, fra i primi a teorizzare ed applicare una cura all'anoressia nervo-
sa.

Srednje. Così si chiamava il villaggio dove iniziai la mia carriera da
medico, in quella aspra lingua che parlavano i suoi abitanti.
Era il tredici gennaio millenovecentodieci.
Avevo da poco terminato un tirocinio al policlinico di Milano, nel
neonato reparto di Psichiatria. Desideravo diventare psichiatra, o almeno neurologo, ma al tempo quelle discipline erano soltanto agli al-
bori e io avevo una grande necessità di denaro.
Tornai quindi a Udine, la mia città natale. Mi dissero che a pochi
chilometri da lì serviva un medico condotto. Accettai.
Il villaggio di Srednje era incuneato tra le austere montagne delle
Prealpi Giulie, nelle Valli del Natisone. Era lugubre e tetro, un ammas-
so di terre e campi concentrati intorno a una chiesetta, e soprattutto era
freddo, stretto in una morsa di neve infernale.
Avrei soggiornato nella casa del vecchio medico condotto, morto da
poco, che aveva abitato in un grande casolare assieme alla sorella Dunja. Lo studio medico era una stanza della casa; ciò mi infastidiva, ma
forse la presenza più disturbante lì dentro era proprio la sorella. Era
scorbutica e, ancor peggio, scaramantica. Aveva appeso rane squartate
alle finestre e forche ai muri, per proteggersi da qualche baggianata
che si pensava infestasse il luogo. Ma non era l'unica nel villaggio,
anzi, tutti parevano credere che Srednje fosse abitato da misteriose
creature.
Superstizione. Lottai con essa fin da subito. Io ero un luminare della
scienza, d'altra parte, figlio della Belle Époque milanese. Il primo giorno di lavoro una signora mi venne a parlare di una certa Tanta, chie-
dendomi un rimedio contro quella, qualunque cosa fosse. Pensai mi
stesse prendendo in giro.

«La Tanta prende prima quelli che come lei non ci credono.» le sue ultime parole, prima di andarsene indignata.

Frustrazione. Ecco cosa provai.

Ripensai a quelle parole quella sera. Erano le cinque, ma fuori era già buio. Stavo leggendo un libro di neurologia seduto accanto al grande focolare nel centro della stanza. Tunc, tunc, tunc. Non riuscivo a concentrarmi. Dunja stava pelando le patate con un coltello da cucina grande e lungo. Non avevamo mai avuto una vera conversazione.

«Cos'è la Tanta?» chiesi velocemente. Mi sentivo quasi in imbarazzo.

Dunja girò la testa, sorpresa.

«La Tanta confonde. Prende gli anziani. E' una donna. Rapisce.»

«E dove vive?»

«Nella notte. E' una donna della notte.»

«Cosa fa?»

«Ti prende. Prima ti fa dimenticare le cose di ogni giorno. Il nome dei figli, ad esempio. E ti confonde. Ti incattivisce, bestemmi Dio. Poi ti fa vagare nelle strade, nei boschi, nei burroni.»

«La Tanta confonde.» ripetei a bassa voce. Ero sollevato. Mi consideari uno sciocco ad aver anche solo per un momento temuto la Tanta.

«Sa, signora Dunja» dissi con tono compiaciuto «dove io ho studiato prima?»

Scosse la testa. Pareva disinteressata.

«Al Policlinico di Milano. Tirocinante nel reparto di Psichiatria e Neurologia. Curavo anziani: due di questi presentavano gli stessi sintomi della possessione della Tanta.»

«Allora esiste dappertutto.« rispose annoiata. Avrei scommesso sul fatto che non sapesse nemmeno dove fosse Milano.

«No, non esiste da nessuna parte. E' un disturbo mentale. Si chiama demenza presenile o morbo di Alzheimer.. Diagnosticata per la prima volta dai dottori Alzheimer e Perusini. Fra l'altro quest'ultimo è di Udine» sorrisi «Un orgoglio regionale.»

Dunja non sembrava particolarmente entusiasta. Aveva iniziato a tagliare le patate appena spelate, rigida nei movimenti.

«Che cos'è un disturbo mentale?» chiese.

«In parole povere, la testa smette di funzionare bene. Un pezzetto non va più, quindi gli altri pezzetti agiscono di conseguenza. Pian piano, se non curato, il disturbo mentale fa smettere di funzionare tutto. E si impazzisce.»

«E come curate voi medici la Tanta?» domandò Dunja. Aveva un tono canzonatorio.

La domanda mi colse impreparato.

«Le cure sono ancora sperimentali.» dissi piano «Ma di certo la scienza farà progressi e intanto il disturbo è prevenibile.»

«Qualcuno, lì dove lavoravi, è guarito?»

Mi sentii impotente. Scossi il capo e abbassai lo sguardo.

«Vedi, dottore. Non ci si può curare dalla Tanta. Ci si può proteggere. Ma se ti prende, è finita.»

Fuori era buio pesto. Guardai l'orologio da polso: le nove. Dunja, su una sedia a dondolo, fissava il muro. Io stavo pensando, vicino al fuoco. Ero demoralizzato. 'Ti abituerai anche a questa vita' mi ripetevo.

Qualcuno bussò.

Dunja si avvicinò alla porta, furtiva. «Kdo je?» gridò.

«Bela.» Rispose una voce femminile.

L'anziana aprì. «Come mai a quest'ora? Non si gira dopo l'Ave Maria. Ci sono le Torke.»Ci risiamo, pensai.

Entrò nel salone una ragazza sui diciassette, forse diciott'anni con un cestino di uova in mano. Aveva dei lunghi capelli biondi che le circondavano un viso minuto e pieno di lentiggini. Era avvolto in un cappotto nero, da uomo. Si scrollò la neve di dosso e ripose le uova su una mensola.

«Mi serve immediatamente un nuovo rimedio. Mio fratello ha fatto cadere quello vecchio. Ci sono delle uova per pagamento.»

Dunja si avvicinò al cestino. Contò le uova: erano dodici. Parve soddisfatta.

Si avvicinò a una mensola e ne tirò fuori un barattolo pieno di un liquido acquoso e biancastro.

La ragazza lo prese e fece per uscire.

«Aspetti.» la interruppi. «Rimedio per cosa?»

La ragazza mi guardò, stupita. Avvampò leggermente.«Vesna. Mia sorella sta diventando una Vesna.»

«Cos'è?» chiesi. Chiusi il libro che stavo leggendo e mi alzai dalla sedia. Dunja mi lanciò un'occhiataccia.

«Non mangi e diventi magro come una Vesna. Poi arrivano le Vesne e ti portano via» lo disse come se fosse la cosa più ovvia del mondo «Prima ti stregano e ti convincono a non mangiare. Poi ti prendono.»

'Anoressia nervosa' pensai fra me e me 'Diagnosticata da William Gull per la prima volta nel 1870. Forma di psicastenia, può essere originata dopo un trauma o per mancanza di educazione alimentare. Non sembra curabile definitivamente...almeno per ora'.

«Vorrei visitarla. Sono un medico. Quanti anni ha vostra sorella?» domandai. Bela non rispose, ma guardò Dunja.

«Ha 14 anni, signore. Non mangia da mesi.»

«Capisco. Domani sarò da voi.»

Mi avrebbe accompagnato Dunja. Mi interessavano i disturbi mentali. Ero eccitato all'idea di visitare una ragazza probabilmente anoressica. Non l'avevo mai fatto da solo, fino ad allora.

Malnutrizione con conseguenze sul peso e sul girovita. Problemi ai denti, indeboliti dalla scarsa assunzione di calcio. Unghie rovinate. Sviluppo pubertale in rallentamento, probabilmente per via dell'assenza dei nutrienti necessari.

Jelka Makica aveva smesso di assumere cibo da sei mesi, dopo la morte del padre. Ingeriva solo acqua, brodo e un rimedio a base di acqua e resina zuccherina. Le persone la credevano una Vesna. Era affetta da una psicastenia nervosa. Forse aveva anche una qualche forma di depressione: non pareva avere la motivazione necessaria per continuare ad aiutare la madre vedova o i fratelli in casa, riposava tutto il giorno su un giaciglio di paglia vicino al focolare in un tugurio piccolo e scarsamente illuminato. Non avevo le competenze per curarla dal punto di vista psichiatrico, ma ero certo che se avesse continuato così sarebbe morta nel giro di qualche mese.

Nel periodo seguente, cercai di escogitare un piano per curare almeno temporaneamente le conseguenze dell'anoressia nervosa su Jelka. Era difficile farle ingerire cibo solido quindi pensavo a come preparare liquidi ad alto apporto nutritivo. Sapevo che non era abbastanza, ma non ero un neurologo, nonostante mi sarebbe piaciuto diventarlo, e lei non sembrava aperta al dialogo.

Gennaio divenne presto febbraio, ma continuava a nevicare e non si notava alcuna differenza fra un mese e l'altro. Passavo le mie giornate tra lavoro e lunghe camminate. Mi stavo abituando. Curavo febbri e raffreddori molto bene. Stavo imparando a gestire dissenteria e osteoporosi. Facevo quel che potevo.

Avevo iniziato sempre più frequentemente a incontrare Bela, la andavo a trovare volentieri. Un aggettivo per descriverla correttamente sarebbe stato criptica. Non si apriva facilmente, ma questo non la rendeva una ragazza timida né tanto meno noiosa. Ma c'era qualcosa che nascondeva, ne ero sicuro, come se lei non fosse completamente lei, come se stesse sedando una parte di se stessa che non voleva trasparisse. Probabilmente soffriva molto anche lei per la morte del padre.

Ciò che era frustrante nel vivere a Srednje era la continua convinzione dei cittadini che il medico potesse scacciare creature inesistenti. Erano diffuse leggende piuttosto macabre e la gente aveva davvero paura. La consapevolezza da parte mia di essere l'unica persona con un po' di cultura in quel misero villaggio non mi lusingava affatto, anzi. Mi infastidiva.

Una sera ebbi una discussione con Dunja.
Fu, per me, l'inizio di un incubo.

Stavo leggendo un libro proprio di Gull. Volevo saperne di più sui disturbi del comportamento alimentare. Dunja entrò in gran fretta. Avevamo finito di cenare da poco ed era uscita per qualche motivo ignoto. Rientrò, brandendo una forca in mano, ricoperta di sterco e un liquido rossastro che sembrava sangue.

«Che hai fatto?» urlai.

«Tanta. Mi vuole prendere. Mi confonde. Lo so. La forca col sangue protegge.»

Alzai gli occhi al cielo.

«Non esiste la Tanta. Da dove viene quel sangue?»

Dunja alzò la manica della camicia da notte, scoprendo il braccio. Un taglio lungo e dritto le lacerava la pelle. Sembrava piuttosto profondo.

«Perché?» fu l'unico suono che riuscì a farmi uscire dalla bocca.

La vista di Dunja, col suo avambraccio squartato, i lunghi capelli bianchi e il viso deformato dalla paura, mi aveva spaventato, spaventato davvero.

«Lei verrà a prendermi. Avrà il mio sangue, se lo vuole, ma non me.»

«Dunja.» sbottai «Certe cose non esistono come puoi farti questo?» Mi alzai violentemente dalla sedia, facendola cadere con un tonfo sordo. «Ti credi saggia e anziana, ma hai la mente di una ragazzina che crede ai fantasmi.» Ero arrabbiato. Stavo sbraitando. «Nessuno in questo villaggio vuole farsi curare. Ho speso anni della mia vita a studiare medicina e per cosa? Per trovarmi a dover scacciare mostri! E' ridicolo. Ti ho spiegato che la Tanta è una malattia che si chiama Alzheimer. Ti ho spiegato che in fase iniziale è trattabile. E tu ti riduci a fare.. baggia-nate..come questa?! Una diamine di forca insanguinata?»

La guardai negli occhi, lucidi.

«Benedetto» disse con voce spezzata «La Tanta visiterà sempre il sonno dei miscredenti.»

Urla. Di quella notte infernale ricordo le urla.

Mi svegliarono di soprassalto. Dunja sbraitava, ma non riuscivo a capire dove fosse.

Solo quando mi sporsi dalla finestrella del solaio dove dormivo, la vidi. Sembrava indemoniata, gridava in giardino colpendo con forza un fagotto disteso per terra.

Un corpo umano. Me ne accorsi relativamente tardi. Dunja stava colpendo un corpo umano, il corpo di una donna…che sembrava nuda.

La forca penetrava violentemente nella vittima, accasciata nella neve.

Sussultai. Dunja si girò all'improvviso e mi scrutò con uno sguardo assassino.

«Te l'ho detto» si limitò a dirmi.

Rientrò in casa. Un tonfo. Sceso lentamente dal solaio, mi accorsi che era svenuta. Giaceva con il volto rigato dal pianto, per terra. Le braci nel focolare erano quasi spente e la stanza era immersa nel buio.

Avrei voluto precipitarmi fuori, ma camminai lentamente, affon-dando i piedi nudi nella neve fresca.

Arrivai al punto dove avevo visto Dunja uccidere la donna.

Nessuno. Urlai. Il grido si frantumò nella notte gelida. Non c'era nessuno.

Nessuno.

Nemmeno un buco. Nella neve.

Mi guardai intorno. Mi buttai a terra come disperato, mettendomi a cercare le tracce di qualcosa. Ma niente.

Forse per la prima volta nella mia intera vita, provai paura. Paura fredda e tagliente, come la neve su cui mi ero disteso.

Lacrime. Labbra gonfie. Sangue.

Dovevo essere impazzito.

Tornai a casa dopo circa mezz'ora passata a congelare. Avevo pianto. Dunja era sveglia, la forca appoggiata al muro, e stava scaldando del latte vicino al fuoco. Mi guardò.

«Ora mi credi» sussurrò beffarda.

Scossi la testa «Sono impazzito.»

«Siamo impazziti in due, allora.»

«No» il mio tono della voce si alzò di nuovo. «Siete tutti pazzi in questo schifo di villaggio.» Stavo urlando di nuovo. «C'è un'isteria collettiva che vi fa vedere queste cose. E io sono diventato pazzo come voi. Basta.» Ripresi a piangere. L'unico modo per rinsavire sarebbe stato andarsene. Non mi interessava più dell'amicizia con Bela o dei miei clienti affezionati.

Dunja mi si avvicinò. Mi abbracciò come una madre.

«Non sei pazzo» mi mormorò all'orecchio. «E anche se lo fossimo tutti che differenza fa? Tu hai visto quella donna tanto quanto l'ho vista io. Era la Tanta. Lei non muore, ma ora le ho dato una lezione: non deve tornare!»

Rabbia, frustrazione, paura, ecco cosa provavo. Avrei voluto divincolarmi dall'abbraccio di Dunja, l'avrei voluta strozzare, prendere le mie cose ed andarmene, ma ero stanco.

Mi sedetti vicino al fuoco. Guardai le braci quasi spente. Dove avevo sbagliato?

Neanche il tempo di pensarci su ed ero già crollato in uno di quei sonni che non significano nient'altro che un enorme, dilaniante stanchezza mentale.

Qualcuno bussò. Mi svegliai. Guardai l'orologio: erano le cinque. Fuori era già buio. Avevo dormito per chissà quanto e non ero neanche andato a lavorare.

Toc toc. Di nuovo. Sbuffai e aprì la porta. Bela.

«Non sono dell'umore» dissi.

Mi dispiaceva scacciare Bela. Le volevo bene, ma ero spaventato dagli avvenimenti della notte precedente. Semplicemente non metabolizzavo. Non c'era una spiegazione logica.

«Ti prego.» supplicò lei.

Io annui.

Dunja non era in casa. Bela si sedette accanto al fuoco quasi spento.

«Ho paura.» mi confessò.

'Anche io ne ho..' volevo risponderle '..anche io ne ho Bela.' Ma non avevo la forza. Inoltre avevo il sentore di essermi ammalato. Mezz'ora nella neve fredda non fa mai bene a nessuno.

«Ho paura di essere una Morà» ripeté lei.

«Cos'è…» dissi. Non era neanche una domanda. Ero troppo stanco per chiedere qualcosa.

«La mamma dice che quando c'è la Vesna in casa, dato che non mangia, per far sì che la Vesna non muoia, la sorella della Vesna, diventa una Morà. La Morà ti succhia l'energia. La succhia alle persone che ama. La Morà non sa di essere una Morà. Lo fa e basta, di notte. Se la notte la Morà ti fa visita per liberarti dalla paralisi devi muovere un dito»

Io annuì di nuovo.

«Stanotte» gli occhi della ragazza si riempiono di lacrime «mio fratello dice di essere stato attaccato da una Morà.. e di averle tirato le braccia e..e io oggi mi sono svegliata con questi lividi..»

Si alzò la manica del maglione. Intravidi un grosso ematoma sull'avambraccio e alcuni graffi sui polsi e lungo il gomito.

«Basta!» urlai io. Bela si zittì. «Ne ho abbastanza! Ne ho abbastanza di queste creature..di queste invenzioni.»

Singhiozzò.

Le tirai uno schiaffo. Fu più forte di me. Sembrava una bambina. Odiavo vederla in quelle condizioni.

«Domani me ne vado.» Lo decisi sul momento. Ero diventato pazzo. Quella gente mi aveva fatto impazzire.

«No» sussurrò lei, con la voce spezzata. «Non partire. C'è un buco che tu riempi. Come un buco. Un buco lasciato da mio padre.»

Mi avvicinai a lei. C'era qualcosa di malinconico nei suoi occhi azzurri, che mi guardavano colmi di lacrime. Non avevo mai realizzato cosa fosse lei per me prima di capire che andandomene l'avrei persa per sempre.

Ma cosa ne potevo guadagnare io da una come lei? Io ero un medico e lei una contadina.

Non ebbi neanche il tempo di pensarci che mi baciò. Le sue labbra erano salate dalle lacrime acri. Era il mio primo bacio.

Mai, come in quel momento, mi sentii tanto vivo.

Bela si staccò lentamente. Mi guardò e lasciò la casa in fretta.

Forse non me ne volevo davvero andare.

Mi svegliai di soprassalto quella notte.

Non dormivo bene, un po' perché avevo già dormito molto durante il giorno, un po' perché pensavo a Bela.

Un suono sordo. Netto.

«Dunja?» chiesi veloce.

La luna penetrava dalla finestra, ma la luce era fioca.

La sentì. Sentì qualcosa su di me. Si appoggiò lentamente.

Non era Dunja, era più pesante. Provai a muovermi.

Sentì il mio respiro fermarsi. Cercai di lottare, spostando le braccia, ma non riuscivo a muovermi. Il respiro si fece affannoso e mi sentii soffocare. Il cuore mi batteva all'impazzata. Uno, due, uno, due. Lo sentivo battere contro la cassa toracica. Ero immobilizzato.

La vidi. Scura, con lunghi capelli. Era sopra di me. Feci uno sforzo immane, cercando di muovermi in qualche maniera senza risultato. Poi ricordai le parole di Bela. «Se la notte la Morà ti fa visita per liberarti dalla paralisi devi muovere un dito». Il mio dito si alzò: ce l'avevo fatta. Tirai i capelli a quella donna. Non si spostò, rimase attaccata al mio petto.

Riuscì poi a divincolare le mani.

Un dito nell'occhio.

Ululò con voce non umana.

Ripensai a Bela.

«La Morà attacca le persone che ama.»

Sentii delle fitte alla testa. Un dolore atroce. Mi alzai dal letto, in preda agli spasmi e riuscì a scaraventare la creatura per terra.

Mi sentii esausto.

Il tempo di gridare e persi i sensi.

La mattina dopo non raccontai niente a Dunja. Avevo sentito parlare molte volte della paralisi del sonno, in ambito psichiatrico, di come una persona affetta da essa non riesca più a muoversi nel sonno e di come durante esso possa avere allucinazioni e attacchi isterici. Chiesi però alla vecchia di dirmi qualcosa sulla Morà. «C'è solo un modo per scoprire chi è la Morà» disse Dunja. «Viene a chiedere il sale, il giorno dopo. Lo fa per istinto, senza rendersene conto»

Annuii. Era la prima mattina in cui non stava nevicando da quando ero lì.

«Da quanto esistono queste creature?» chiesi.

Dunja alzò le spalle. «Da sempre. Vivono qua, lontano dalla città.»

Qualcuno bussò.

«Vado io» mi offrii.

Aprii la porta: Bela.

La guardai, stranito.

«Perdonate l'ora. Sono solo venuta a dirvi che mi servirebbe un po' di sale.»

DAS DORF DER SEELEN
BENEDETTO VIEZZI
Aus dem Italienischen von Nora Antonic

Aus den Memoiren von Jacopo Frangipane (1884-1971), einem friauli-
schen Psychotherapeuten und der Psychiater, der als einer der ersten eine
Theorie zur Heilung der Anorexia nervosa aufgestellt und angewendet hat.

Srednje. So wurde das Dorf, in dem ich meine Karriere als Arzt begann, in der rauen Sprache der Einwohner genannt.

Es war der dreizehnte Januar des Jahres 1910.

Kurz zuvor hatte ich gerade ein Praktikum an der Poliklinik in Mailand in der neu eingerichteten Abteilung für Psychiatrie absolviert, da
ich Psychiater oder zumindest Neurologe werden wollte, aber damals
steckten diese Disziplinen noch in den Kinderschuhen und außerdem
brauchte ich dringend Geld.

Aus diesem Grund kehrte ich in meine Heimatstadt Udine zurück.
Man sagte mir, dass einige Kilometer von dort entfernt ein Bezirksarzt
benötigt würde und ich entschied mich diese Stelle anzunehmen.

Das Dorf Srednje liegt eingebettet zwischen den kargen Bergen der
Julischen Voralpen, in den Natisone-Tälern.

Es machte einen düsteren und trostlosen Eindruck auf mich, eine
Ansammlung von Feldern und Äckern, die sich um eine kleine Kirche
gruppierten. Aber vor allem war es kalt, das gesamte Dorf war begraben unter einer hohen Schneedecke.

Ich würde im Haus des alten, vor kurzem verstorbenen Bezirksarz-
tes wohnen, in welchem er zusammen mit seiner Schwester Dunja ge-
lebt hatte.

Die Arztpraxis war lediglich ein Zimmer in diesem Haus, was mich
ärgerte, aber am meisten störte mich die dauerhafte Anwesenheit der
Schwester.

Sie war mürrisch und, was noch schlimmer war, abergläubisch. Sie
hatte gevierteilte Frösche in die Fenster und Mistgabeln an die Wände
gehängt, um sich vor irgendeinem Unsinn zu schützen, von dem man
annahm, dass der Ort davon heimgesucht werde. Aber sie war nicht

die einzige im Dorf; im Gegenteil, alle schienen zu glauben, dass Srednje von geheimnisvollen Wesen bewohnt wurde.

Aberglaube. Von Anfang an hatte ich dagegen ankämpfen müssen. Aber andererseits war ich eine Koryphäe der Wissenschaft und ein Kind der Mailänder Belle Époque.

An meinem ersten Arbeitstag kam eine Frau zu mir, erzählte mir von einer Tanta und bat mich um ein Mittel gegen sie, wer auch immer sie war.

Ich dachte, sie nimmt mich auf den Arm.

«Die *Tanta* holt diejenigen, die nicht an ihre Existenz glauben als erste», waren ihre letzten Worte an mich, bevor sie entrüstet wegging.

Frustration. Das konnte ich spüren.

Ich dachte an diesem Abend an die Worte der Frau zurück.

Es war gerade erst fünf Uhr am Nachmittag, aber draußen war es bereits dunkel. Ich saß an dem großen Kamin, der in der Raummitte stand, und las in einem Buch über Neurologie. Ratsch, ratsch, ratsch. Ich konnte mich nicht konzentrieren: Dunja schälte Kartoffeln mit einem großen, langen Küchenmesser. Ich hatte noch nie ein richtiges Gespräch mit ihr geführt.

«Wer ist die *Tanta*?», fragte ich schnell. Fast war ich peinlich berührt von meiner eigenen Frage.

Dunja drehte überrascht ihren Kopf in meine Richtung.

«Die *Tanta* verwirrt die Menschen. Sie holt die ältesten von ihnen. Sie ist eine Frau. Sie entführt sie.«

«Und wo lebt diese *Tanta*?»

«In der Nacht. Sie ist eine Frau der Nacht.»

«Was macht sie?»

«Sie packt dich. Zuerst lässt sie dich alltägliche Dinge vergessen, den Namen deiner Kinder zum Beispiel. Und sie verwirrt dich. Sie lässt dich böse werden, du verfällst der Gotteslästerung. Und dann lässt sie dich durch die Straßen, die Wälder und die Schluchten wandern.»

«Die *Tanta* verwirrt die Menschen», wiederholte ich mit leiser Stimme. Ich war erleichtert und hielt mich sogleich für einen Narren, dass ich nur einen Moment Angst vor der *Tanta* gehabt hatte.

«Wissen Sie, Frau Dunja», wandte ich mich in freundlichem Ton an sie, «wo ich früher studiert habe?»

Sie schüttelte den Kopf. Sie wirkte desinteressiert.

«In der Poliklinik in Mailand. Als Praktikant in der Abteilung für Psychiatrie und Neurologie. Ich habe ältere Menschen behandelt: Zwei von ihnen hatten die gleichen Symptome wie die, die Sie als *Tantas* Besessenheit beschreiben».

«Dann gibt es sie wohl überall», antwortete Dunja gelangweilt. Ich hätte gewettet, dass sie nicht einmal wusste, wo Mailand war.

«Nein, die *Tanta* gibt es nirgendwo. Die Symptome sind die einer psychischen Störung. Sie wird als präsenile Demenz oder als Alzheimer bezeichnet. Die erste Diagnose der Krankheit wurde von den Ärzten Alzheimer und Perusini gestellt. Letzterer ist übrigens aus Udine», lächelte ich Dunja an, «hier ist man stolz auf ihn.»

Dunja schien nicht besonders begeistert zu sein. Sie hatte begonnen, die frisch geschälten Kartoffeln zu schneiden, ihre Bewegungen waren starr.

«Was ist eine psychische Störung?», fragte sie.

«Einfach ausgedrückt: Der Kopf funktioniert nicht mehr richtig. Ein kleines Stück geht nicht mehr, also handeln die anderen kleinen Stücke entsprechend. Bleibt die psychische Störung unbehandelt, funktioniert nach und nach gar nichts mehr. Und man wird verrückt.»

«Und wie versucht ihr Ärzte, die *Tanta* zu behandeln?», richtete Dunja ihre Frage an mich. Sie hatte einen spöttischen Ton.

Diese Frage traf mich unvorbereitet.

«Die Behandlungsweisen sind noch experimentell», sagte ich leise, «aber die Wissenschaft wird sicher Fortschritte machen und in der Zwischenzeit kann man die Krankheit präventiv behandeln.»

«Wurde dort, wo du gearbeitet hast, schon einmal jemand geheilt?»

Ich fühlte mich hilflos, schüttelte meinen Kopf und senkte meinen Blick.

«Siehst du, Doktor. Niemand kann von der *Tanta* geheilt werden. Du kannst versuchen dich vor ihr zu schützen. Aber wenn sie dich erwischt, ist es vorbei für dich.»

Draußen war es stockdunkel. Ich schaute auf meine Armbanduhr: neun Uhr.

Dunja saß in einem Schaukelstuhl und starrte an die Wand.

Ich dachte am Feuer nach. Ich war von meiner Hoffnung verlassen.

«Du wirst dich auch an dieses Leben gewöhnen», sprach ich mir Mut zu.

Jemand klopfte.

Dunja näherte sich verstohlen der Tür.

«Kdo je?», rief sie.

«Bela», antwortete eine weibliche Stimme.

Die alte Frau öffnete und fragte zugleich: «Wieso um diese Uhrzeit? Nach dem Ave-Maria geht man nicht mehr aus dem Haus. Es gibt Torkes.»

Da sind wir wieder, dachte ich.

Eine junge Frau, etwa siebzehn, vielleicht achtzehn Jahre alt, betrat den Raum mit einem Korb voller Eier in der Hand. Ihr langes blondes Haar umspielte ihr zierliches Gesicht, das von Sommersprossen übersät war. Sie war in einen schwarzen Herrenmantel gehüllt. Sie schüttelte den Schnee ab und legte die Eier auf ein Regal.

«Ich brauche sofort ein neues Heilmittel. Mein Bruder hat das alte Mittel herunterfallen lassen. Ich bringe Eier als Bezahlung.»

Dunja näherte sich dem Korb, zählte die Eier: Es waren zwölf.

Sie schien zufrieden.

Sie ging zu einem Regal hinüber und zog ein Glas mit einer wässrigen, weißlichen Flüssigkeit heraus.

Das Mädchen nahm es und machte sich eilig wieder auf den Weg.

«Warte», unterbrach ich sie, «Ein Mittel wofür?»

Das Mädchen sah mich erstaunt an. Sie errötete leicht: «Vesna. Meine Schwester wird eine Vesna.»

«Was ist das?», fragte ich. Ich klappte das Buch zu, das ich gerade gelesen hatte und erhob mich von meinem Stuhl. Dunja warf mir einen bösen Blick zu.

«Du isst nichts und wirst so dünn wie eine Vesna. Dann kommen die anderen Vesnas herbei und nehmen dich mit sich mit», sagte sie, als wäre es das Selbstverständlichste der Welt, «Zuerst verhexen sie dich und überzeugen dich, nichts mehr zu essen. Und dann nehmen sie dich mit.»

‚Anorexia nervosa', dachte ich mir im Stillen, ‚Erstmals diagnostiziert von William Gull im Jahr 1870. Eine Form der Psychasthenie, die nach einem Trauma oder aufgrund mangelnder Ernährungserziehung entstehen kann. Sie scheint nicht vollständig heilbar zu sein... zumindest im Moment.'

«Ich würde sie gerne untersuchen. Ich bin ein Arzt. Wie alt ist Ihre Schwester?», richtete ich mein Wort an die Frau.

Bela antwortete nicht, sondern sah Dunja an.

«Sie ist vierzehn. Sie hat seit Monaten nichts mehr gegessen.»

«Ich verstehe. Ich werde morgen vorbeikommen.»

Dunja würde mich begleiten. Ich interessierte mich für psychische Störungen. Ich war aufgeregt bei dem Gedanken, ein Mädchen zu untersuchen, das wahrscheinlich magersüchtig war. Ich hatte das bis dahin nie alleine gemacht.

Mangelernährung mit Folgen für Gewicht und Taille. Probleme mit den Zähnen, die durch eine niedrige Kalziumzufuhr geschwächt sind. Ruinierte Nägel. Verlangsamung der pubertären Entwicklung, wahrscheinlich aufgrund eines Mangels an den erforderlichen Nährstoffen.

Jelka Makica hatte nach dem Tod ihres Vaters sechs Monate lang keine Nahrung mehr zu sich genommen. Sie nahm nur Wasser, Brühe und ein Mittel auf der Basis von Wasser und Zuckerharz zu sich. Die Menschen hielten sie für eine Vesna. Sie litt unter nervöser Psychasthenie. Vielleicht litt sie auch an einer Form von Depression: Sie schien nicht die nötige Motivation zu haben, um ihrer verwitweten Mutter oder ihren Geschwistern zu Hause zu helfen, sie ruhte den gesamten Tag auf einem Strohlager, das in der Nähe des Herdes in einer kleinen, schlecht ausgeleuchteten Hütte stand.

Ich verfügte nicht über das Fachwissen, um sie psychiatrisch zu behandeln, aber ich war mir sicher, dass sie, wenn sie so weitermachte, innerhalb weniger Monate sterben würde.

In der kommenden Zeit versuchte ich einen Plan zu entwickeln, um die Folgen der Anorexia nervosa bei Jelka zumindest vorübergehend zu behandeln. Es war schwierig, sie zu überzeugen feste Nahrung zu sich zu nehmen, also überlegte ich mir, wie ich Flüssigkeiten mit einem hohen Nährstoffgehalt zubereiten könnte. Ich wusste, dass das nicht ausreichen würde, aber ich war zu meinem eigenen Bedauern kein Neurologe, und sie erschien mir nicht offen für einen Dialog.

Aus Januar wurde bald Februar, aber es gab immer noch viel Schnee und somit keinen merklichen Unterschied zwischen den einzelnen Monaten. Ich verbrachte meine Tage mit meiner Arbeit und mit ausgedehnten Spaziergängen.

Ich hatte mich schon an meine Aufgaben gewöhnt, behandelte Fieber und Erkältungen gut und lernte mit Dysenterie sowie mit Osteoporose umzugehen.

Ich tat, was ich konnte.

Ich hatte begonnen, Bela immer häufiger zu treffen, ich besuchte sie gerne. Ein Adjektiv, das sie richtig beschreiben würde, wäre kryptisch gewesen. Sie öffnete sich nicht leicht, doch das machte sie weder zu einem schüchternen noch zu einem langweiligen Mädchen.

Jedoch verbarg sie irgendetwas, da war ich mir sicher. Als wäre sie nicht ganz sie selbst, als würde sie einen Teil von sich betäuben, weil sie ihn nicht zeigen wollte. Wahrscheinlich litt sie auch sehr unter dem Tod ihres Vaters.

Das Frustrierende am Leben in Srednje war der ständige Glaube der Stadtbewohner, dass ein Arzt nicht existierende Kreaturen vertreiben könne. Es wurden ziemlich makabre Legenden verbreitet und die Menschen lebten in großer Angst.

Zu wissen, dass ich der einzige annähernd kultivierte Mensch in diesem elenden Dorf war, schmeichelte mir nicht, im Gegenteil. Es ärgerte mich.

Eines Abends hatte ich einen Wortwechsel mit Dunja.
Für mich war dies der Beginn eines Albtraums.

Ich las gerade in einem Buch von Gull, da ich mehr über Essstörungen erfahren wollte, als Dunja in großer Eile hereinstürzte.

Wir waren gerade mit dem Abendessen fertig gewesen und sie war aus einem mir unbekannten Grund gegangen.

Als sie zurückkehrte hielt sie eine Mistgabel in ihrer Hand, an der Dung sowie eine rötliche Flüssigkeit, die wie Blut anmutete, klebte.

«Was hast du getan?», rief ich aus.

«Die *Tanta*. Sie will mich erwischen. Sie verwirrt mich. Ich weiß es. Die Mistgabel mit Blut schützt.»

Ich rollte mit den Augen.

«Es gibt keine *Tanta*. Woher kommt das Blut?»

Dunja hob den Ärmel ihres Nachthemdes an und entblößte ihren Arm. Auf ihrem Arm prangte ein langer, gerader Schnitt. Er sah ziemlich tief aus.

«Warum?», war die einzige Frage, die aus meinem Mund kam.

Der Anblick von Dunja mit ihrem aufgeschnittenen Unterarm, ihren langen weißen Haaren und dem vor Angst entstellten Gesicht, hatte mich erschreckt, wirklich erschreckt.

«Sie wird mich holen kommen. Sie wird mein Blut bekommen, wenn sie es will, aber nicht mich.»

«Dunja», platzte ich heraus, «manche Dinge gibt es gar nicht! Wie kannst du dir das antun?» Ich erhob mich so energisch von meinem Stuhl, dass er mit einem dumpfen Aufprall nach hinten überfiel.

«Du hältst dich für alt und weise, aber du hast den Verstand eines kleinen Mädchens, das an Gespenster glaubt.» Ich war wütend. Ich schrie.

«Niemand in diesem Dorf will geheilt werden. Ich habe Jahre meines Lebens damit verbracht, Medizin zu studieren, und wofür? Um Ungeheuer zu verjagen! Das ist lächerlich. Ich habe dir erklärt, dass die *Tanta* eine Krankheit namens Alzheimer ist. Ich habe dir erklärt, dass die Krankheit im Frühstadium behandelbar ist. Und du reduzierst dich selbst auf...Unfug wie diesen?! Eine verdammte blutbefleckte Mistgabel?»

Ich sah ihr in die leuchtenden Augen.

«Gesegneter», sagte sie mit gebrochener Stimme, «die *Tanta* besucht immer den Schlaf der Ungläubigen.»

Schreie. Ich erinnere mich noch an die Schreie in dieser höllischen Nacht.

Sie schreckten mich aus dem Schlaf auf.

Dunja schrie, aber ich konnte nicht heraushören, wo sie sich befand.

Erst als ich mich aus dem Fenster des Dachbodens, auf dem ich schlief, lehnte, konnte ich sie sehen.

Sie sah aus, als wäre sie besessen, sie schrie im Garten und schlug mit voller Wucht auf ein am Boden liegendes Bündel ein.

Ein menschlicher Körper. Ich erkannte das relativ spät. Dunja schlug auf einen menschlichen Körper ein, den Körper einer Frau, die … offenbar nackt war.

Die Heugabel drang gewaltsam in Dunjas Opfer ein, das kraftlos im Schnee lag.

Ich zuckte zusammen. Dunja drehte sich plötzlich zu mir herum und musterte mich mit einem mörderischen Blick.

«Ich habe es dir gesagt», sagte sie nur.

Dann ging sie zurück ins Haus. Ein Aufprall. Langsam stieg ich vom Dachboden hinunter und stellte fest, dass sie in Ohnmacht gefallen war. Sie lag mit tränenüberströmtem Gesicht auf dem Boden. Die Glut im Kamin war fast erloschen und der Raum war in Dunkelheit getaucht.

Ich wollte nach draußen eilen, aber ich ging langsam, da meine nackten Füße im Schnee versanken.

Ich kam zu der Stelle, an der ich gesehen hatte, wie Dunja die Frau getötet hatte.

Niemand. Ich schrie. Der Schrei verklang in der eisigen Nacht. Es war niemand da.

Niemand.

Nicht einmal ein Loch. Im Schnee.

Ich sah mich um. Ich warf mich verzweifelt auf den Boden und suchte nach Spuren von irgendetwas. Aber dort war nichts.

Vielleicht habe ich in diesem Augenblick zum ersten Mal in meinem ganzen Leben Angst verspürt. Scharfe Angst, die so kalt und stechend war, wie der Schnee, auf dem ich lag.

Tränen. Geschwollene Lippen. Blut.

Ich muss wahnsinnig geworden sein.

Ich kam nach etwa einer halben Stunde durchgefroren zurück ins Haus. Ich hatte geweint. Dunja war wach, die Mistgabel lehnte an der Wand und Dunja wärmte Milch am Feuer. Sie sah mich an.
«Jetzt glaubst du mir», flüsterte sie spöttisch.
Ich schüttelte nur den Kopf. «Ich bin verrückt geworden.»
«Dann sind wir beide verrückt geworden», sagte Dunja.
«Nein», mein Tonfall wurde wieder lauter, «ihr seid alle verrückt in diesem widerlichen Dorf.» Ich schrie wieder. «Es gibt eine kollektive Hysterie, die euch dazu bringt, Dinge zu sehen. Und ich bin genauso verrückt geworden wie ihr. Das ist alles.» Ich begann wieder zu weinen.
Die einzige Möglichkeit, wieder vernünftig zu werden, wäre es gewesen, aus diesem Ort wegzugehen.
Meine Freundschaft zu Bela und meine treuen Patienten hatten mit einem Mal keine Bedeutung mehr.
Dunja kam auf mich zu. Sie umarmte mich wie eine Mutter ihren Sohn umarmen würde.
«Du bist nicht verrückt», murmelte sie in mein Ohr. «Und selbst wenn wir das alle wären, wo ist der Unterschied? Du hast diese Frau dort genauso gut gesehen wie ich. Sie war die *Tanta*. Sie stirbt zwar nicht, aber jetzt habe ich ihr eine Lektion erteilt: Sie darf nicht zurückkehren!»

Ich spürte Wut, Frustration und Angst in mir brennen. Ich wollte mich aus Dunjas Umarmung befreien, ich wollte sie erdrosseln, ich wollte meine Sachen nehmen und gehen, aber ich war müde.

Ich setzte mich ans Feuer, blickte auf die fast erloschene Glut.

Was hatte ich falsch gemacht?

Ich hatte nicht einmal mehr die Zeit darüber zu sinnieren, da war ich bereits in einen Schlaf gefallen, der zeigte, wie stark meine quälende geistige Erschöpfung war.

Jemand klopfte. Ich wachte auf. Ich blickte auf meine Uhr: Es war fünf Uhr am Nachmittag. Draußen war es bereits dunkel. Ich hatte sehr lange geschlafen und war nicht einmal zur Arbeit gegangen.

Klopf, klopf. Nochmals. Ich schnaufte und öffnete die Tür. Bela.

«Ich bin nicht in Stimmung», wimmelte ich sie ab.

Es tat mir leid, Bela zu vertreiben.

Ich mochte sie, aber die Ereignisse der letzten Nacht machten mir wirklich Angst. Ich hatte sie noch nicht verarbeitet. Es gab keine logische Erklärung.

«Bitte», flehte sie mich an.

Ich nickte.

Dunja war nicht zu Hause. Bela setze sich an das fast erloschene Feuer.

«Ich habe Angst», vertraute sie mir an.

'Das habe ich auch', wollte ich ihr antworten, 'das habe ich auch, Bela'. Aber ich hatte nicht die Kraft. Außerdem meinte ich zu spüren, dass ich krank wurde. Eine halbe Stunde im kalten Schnee, das tut niemandem gut.

«Ich fürchte, ich bin eine *Morà* », sagte sie.

«Was ist das...», sagte ich. Das war nicht einmal eine Frage. Ich war zu müde, um eine Frage zu stellen.

«Mama sagt, wenn eine Vesna im Haus ist, wird ihre Schwester eine *Morà* , damit Vesna nicht stirbt, weil sie nicht isst. Eine *Morà* saugt dir deine Energie aus. Sie saugt sie aus den Menschen, die sie liebt. Eine *Morà* weiß nicht, dass sie eine *Morà* ist. Sie handelt einfach wie eine, nachts. Wenn die *Morà* dich nachts besucht, musst du einen Finger bewegen, um dich von deiner Lähmung zu befreien.»

Ich nickte erneut.

«Heute Nacht», die Augen des Mädchens füllten sich mit Tränen, «ist mein Bruder von einer *Morà* angegriffen worden, hat er mir erzählt…er hat an ihren Armen gezerrt und gezogen … und heute Morgen bin ich mit diesen blauen Flecken aufgewacht …».

Sie hob den Ärmel ihres Pullovers an. Ich konnte einen großen Bluterguss an ihrem Unterarm sehen sowie einige Kratzer an ihren Handgelenken und Ellbogen.

«Es reicht», rief ich aus. Bela verstummte. «Ich habe genug! Ich habe genug von diesen Kreaturen … von diesen Einbildungen.»

Sie schluchzte.

Ich gab ihr eine Ohrfeige. Ich konnte mich nicht gegen den Impuls wehren. Sie sah aus wie ein Kind. Ich hasste es, sie in diesem Zustand sehen zu müssen.

«Ich reise morgen ab.» Ich hatte mich in diesem Moment entschieden. Ich war verrückt geworden. Diese Leute hier hatten mich in den Wahnsinn getrieben.

«Nein», flüsterte sie mit gebrochener Stimme. «geh nicht weg. Es gibt eine Lücke, die du füllst. Wie ein Loch. Ein Loch, das mein Vater hinterlassen hat.»

Ich rückte näher an sie heran. In ihren blauen Augen, die mich voller Tränen ansahen, lag ein tiefer Schmerz. Ich hatte nicht begriffen, was sie für mich bedeutete, bevor mir klar wurde, dass ich sie für immer verlieren würde, wenn ich sie jetzt verließ.

Aber was konnte mir jemand wie sie geben? Ich war ein Arzt und sie war eine Bäuerin.

Ich hatte keine Zeit darüber nachzudenken, denn sie küsste mich. Ihre Lippen waren salzig von den bitteren Tränen, die sie geweint hatte. Es war mein erster Kuss.

Noch nie hatte ich mich so lebendig gefühlt wie in diesem Moment.

Bela zog sich langsam zurück. Sie sah mich an und verließ schnell das Haus.

Vielleicht, dachte ich, wollte ich diesen Ort nicht wirklich verlassen.

In dieser Nacht wachte ich plötzlich auf. Ich hatte nicht gut geschlafen, teils weil ich tagsüber schon viel geschlafen hatte, teils weil ich an Bela dachte.

Deutlich vernahm ich ein dumpfes Geräusch.

«Dunja?», fragte ich schnell.

Der Mond schien durch das Fenster, aber das Licht war schwach.

Ich spürte sie. Ich spürte etwas auf mir. Sie stützte sich langsam auf mich.

Es war nicht Dunja, die Person war schwerer.

Ich versuchte mich zu bewegen.

Ich spürte, wie mein Atem stockte. Ich versuchte mich zu wehren, wollte meine Arme bewegen, aber ich konnte mich nicht rühren.

Es fiel mir immer schwerer zu atmen und ich merkte, wie ich langsam erstickte. Mein Herz klopfte wie wild. Eins, zwei, eins, zwei. Ich spürte, wie es gegen meinen Brustkorb schlug. Ich war wie gelähmt. Ich sah sie. Sie war dunkel, mit langen Haaren. Sie war auf mir. Ich strengte mich unglaublich an, um mich irgendwie zu bewegen, aber ohne Erfolg.

Dann kamen mir die Worte von Bela wieder in den Sinn: ‚Wenn die *Morà* dich nachts besucht, musst du einen Finger bewegen, um dich von der Lähmung zu befreien '

Mein Finger hob sich: Ich hatte es geschafft. Ich zog die Frau an den Haaren, doch sie bewegte sich nicht, blieb an meiner Brust hängen.

Dann schaffte ich es, meine Hände zu lösen.

Ein Finger in ihrem Auge.

Sie heulte laut auf, mit einer Stimme, die keinem menschlichen Wesen gehört.

Ich dachte wieder an Bela.

«Die *Morà* greift die Menschen an, die sie liebt.»

Ich spürte Stiche in meinem Kopf. Ein unerträglicher Schmerz. Ich stand von Krämpfen gequält aus dem Bett auf und schaffte es, die Kreatur auf den Boden zu schleudern.

Ich fühlte mich erschöpft.

Ich wollte schreien, dann verlor ich das Bewusstsein.

Am nächsten Morgen sprach ich nicht mit Dunja über den Vorfall.

Ich hatte in psychiatrischen Kreisen schon oft von Schlaflähmung gehört. Eine Lähmung bei der sich Betroffene im Schlaf nicht mehr bewegen können und dabei teilweise unter Halluzinationen oder hysterischen Anfällen leiden.

Ich bat Dunja jedoch, mir etwas über die *Morà* zu erzählen.

«Es gibt nur einen Weg, um herauszufinden, wer die *Morà* ist», erklärte Dunja mir. «Am nächsten Tag kommt sie und bittet um Salz. Sie tut es instinktiv, unbewusst.»

Ich nickte. Es war der erste Morgen an dem es nicht schneite, seit ich dort war.

«Wie lange gibt es diese Kreaturen schon?», fragte ich.

Dunja zuckte mit den Schultern. «Schon immer. Sie leben hier draußen, weit weg von der Stadt.»

Jemand klopfte.

«Ich kann öffnen», bot ich an.

Ich öffnete die Tür: Bela stand davor.

Ich starrte sie fassungslos an.

«Verzeiht, dass ich um diese Uhrzeit störe. Ich bin nur gekommen, um zu fragen, ob ich etwas Salz bekommen könnte.»

AUTORINNEN UND AUTOREN

LITERATUR DUO
Felicity Spencer
Mario Bona

Felicity Spencer ist 2003 in Heidelberg geboren. Sie besucht das Leibniz-Gymnasium in Östringen, wo sie das erste Mal in Kontakt mit der italienischen Sprache gekommen ist. Sie hat ein breit gefächertes Interesse, sie mag sowohl Sprachen, als auch Naturwissenschaften und Gesellschaftswissenschaften. In ihrer Freizeit liest sie sehr gerne Bücher oder verbringt Zeit mit ihren Freunden.

Sie will sich auch in der Zukunft weiter mit Sprachen beschäftigen, neben Italienisch auch mit Englisch. Außerdem möchte sie gerne die Länder besuchen, in denen man diese Sprachen spricht und die Menschen und die Kultur besser kennenlernen.

Mario Bona ist 2004 in Trient geboren. Er lebt in Mori und besucht das naturwissenschaftliche Antonio Rosmini Gymnasium, in Rovereto. Er ist begeistert von Lesen, Schreiben, Kunst, Musik und vieles mehr. Im Jahr 2022 hat er an «Olimpiadi di Italiano» dem Wettbewerb der italienischen Sprache teilgenommen. Er belegte den fünften Rang. Da er im Trentino lebt, nicht weit von Österreich und Deutschland, studiert er auch die deutsche Sprache und Literatur. In seiner Freizeit treibt er gerne Sport im Freien.

D U O   L E T T E R A R I O
F e l i c i t y   S p e n c e r
M a r i o   B o n a

Mario Bona nasce nel 2004 a Trento e vive a Mori. Studia al Liceo scientifico Antonio Rosmini di Rovereto. È appassionato di lettura, scrittura, arte, musica e molto altro. Nel 2022 partecipa alle Olimpiadi di Italiano, la gara nazionale della lingua italiana, classificandosi quinto. Vivendo in Trentino, non lontano da Austria e Germania, studia anche la lingua e la letteratura tedesca. Nel tempo libero ama praticare sport all'aria aperta

Felicity Spencer è nata nel 2003 a Heidelberg. Frequenta il Leibniz-Gymnasium a Östringen, dove ha parlato italiano per la prima volta. Ha un interesse per tante cose, ama le lingue, le scienze e le scienze umanistico. Nel suo tempo libero ama molto leggere i libri o passare il tempo con i suoi amici.

Nel future, vuole occuparsi con le lingue italiano e inglese. Vuole anche visitare i paesi in cui si parla queste lingue e conoscere meglio la gente e la cultura.

LITERATUR DUO
Lara Kellner
Elena Viviani

Lara Kellner, geboren 2006, besucht das Max-Born-Gymnasium in Germering und lebt in Wörthsee, Bayern. In ihrer Freizeit spielt sie Klavier, singt, zeichnet, liest und schreibt gerne Geschichten. Neben Latein und Englisch lernt sie seit der 8. Klasse Italienisch. Ihre erste Italienischlehrerin entfachte in ihr sofort die Liebe zu Sprache und Land. 2021 gewann sie den von Onde deutschlandweit ausgeschriebenen Schulwettbewerb in Italienisch und als Hauptgewinn winkte ihr ein zweiwöchiger Sprachkurs in Mailand. Schon im Alter von sieben Jahren begann Lara kurze Erzählungen zu schreiben und im Pandemiejahr 2020 verfasste sie ihren ersten Fantasy-Roman «Talia», den sie 2021 im Eigenverlag veröffentlichte. Momentan arbeitet die Sechzehnjährige an ihrem zweiten Fantasy-Roman «Alle Zeit der Welt», der in Rom spielt und sich mit dem Thema Zeitreise beschäftigt. Außerdem schreibt sie gerne Kurzgeschichten, die sie oft aus drei Wörtern spinnt, die ihre Freundinnen ihr vorgeben und die in der Geschichte vorkommen müssen. So ist auch «Saphirblaues Wunder» entstanden, das von dem Loslassen einer geliebten Person handelt. Die Grenze zwischen Realität und Fantastischem beginnt zu verschwimmen und so entsteht eine ungewohnte, neue Perspektive.

DUO LETTERARIO
Lara Kellner
Elena Viviani

Mi chiamo **Elena Viviani** ho 16 anni e frequento il secondo anno del liceo linguistico Sophie Scholl di Trento dove studio tre lingue, inglese, tedesco e spagnolo. Mi piace molto studiare le lingue straniere per conoscere nuove culture e per leggere poesie e testi in lingua originale. Suono due strumenti, il violino e la chitarra, grazie ai quali posso apprezzare i generi musicali più diversi, dalla musica classica al pop. Amo da sempre la letteratura poiché mi permette di conoscere culture e situazioni completamente lontane dalla mia, e come spesso capita a chi piace leggere mi sono appassionata alla scrittura. Scrivere poesie e racconti è il mezzo più efficace che possiedo per esprimere i miei pensieri e le mie riflessioni, all'interno dei miei scritti descrivo tutte le gioie, i dolori, le bellezze e le brutture, che vedo intorno a me, cosa che mi è indispensabile.

Ich heiße **Elena Viviani** und ich bin 16 Jahre alt, ich besuche die zweite Klasse von Sophie Scholl Gymnasium, wo ich drei Sprache lerne, Englisch, Deutsch und Spanisch. Ich lerne sie gerne sowohl um neue Kulturen zu kennen als auch um Gedichte und Bücher im originelle Sprach zu lesen. Ich spiele zwei Instrumente, die Geige und die Gitarre, damit ich kann verschiedene Musikgenres hören, von klassisch bis pop. Als ich ein Kind war, liebte ich Literatur, weil ich neue Kulturen und Situationen kennen konnte, die nicht dieselbe als meine waren. Wie passiert mit wer Literatur mag, begeistert ich über Schreibung. Schreiben Gedichte und Erzählungen ist die durchgreifender Methode um meine Idee und meine Gedanken zu äußern. In meinen Schriften erzähle ich von die Freuden, die Schmerzen, die Schönheit und auch die Hässlichkeit, die ich umher mich sehe, das ist von mir unentbehrlich.

Lara Kellner, nata nel 2006, frequenta il Max-Born-Gymnasium a Germering e vive a Wörthsee, in Baviera. Nel tempo libero suona il pianoforte, canta, disegna, legge e ama scrivere racconti. Oltre all'inglese e al latino, studia anche l'Italiano da due anni e mezzo. La sua prima insegnante d'italiano ha subito acceso in lei l'amore per la lingua e il paese. Nel 2021 ha vinto il concorso scolastico in Italiano, organizzato dall'organizzazione ‚Onde' in tutta la Germania e il premio principale era un corso di lingua di due settimane a Milano. Lara ha iniziato a scrivere racconti all'età di sette anni e nel 2020, anno della pandemia, ha scritto il suo primo romanzo fantasy chiamato «Talia», che ha autopubblicato nel 2021. Al momento sta lavorando al suo secondo romanzo fantasy «Tutto i tempi del mondo», ambientato a Roma e incentrato sul tema del viaggio nel tempo. Le piace scrivere racconti e spesso le sue amiche le danno tre parole che poi devono essere inserite nella storia. Questo è anche il modo in cui è nato «Miracolo blu zaffiro», che tratta di lasciar andare una persona cara. Il confine tra la realtà e il fantastico comincia a confondersi, creando un'insolita, nuova prospettiva.

LITERATUR DUO
Sahra Waßner
Francesca Possamai

Sahra Waßner wurde 2004 in Bonn geboren und besucht aktuell die 11. Klasse des Aloisiuskollegs, ebenfalls in Bonn. Ihr Interessen für Sprachen wurde durch den Deutschunterricht geweckt und sie spricht neben Deutsch, als ihrer Muttersprache, Englisch, besitzt das Latinum, hat Grundkenntnisse in Französisch und erlernt aktuell im zweiten Lehrjahr Italienisch. Sie genießt es sehr zu reisen und eine Reise nach Italien im Jahr 2019 hat ihre Faszination für das Land und seine Kultur geweckt, sowie vor allem auch von der Lebensart und Gastfreundlichkeit der Italiener*innen. In ihrer Freizeit begeistert sie sich für Musik und nimmt neben dem Klavierspielen Gesangsunterricht. Außerdem engagiert sie sich in unterschiedlichsten Gremien innerhalb der Schule, unter anderem ist sie in einem drei-köpfigen Team Chefredakteurin und Redaktionsleiterin der Schülerzeitung, welche zu den besten Deutschlands gehört. Auf diesem Weg kann sie mehrere Aspekte verbinden, welche sie interessieren. Zum einen ist dies natürlich das Schreiben und zum anderen ihr Interesse für gesellschaftskritische und politische Themen. Nach ihrem Schulabschluss im Jahr 2023 würde sie gerne Kommunikationswissenschaft studieren.

Francesca Possamai (2004) ist in dem kleinen Dorf Feltre aufgewachsen. Momentan besucht sie die Fachoberschule für Wirtschaft und Recht (AFM) in Fiera di Primiero mit der Absicht, die Studien im wirtschaftlichen Bereich fortzusetzen. In der Schule studiert sie Deutsch und Englisch, um ihre Kenntnisse zu verbessern, vielleicht mit einem zweisprachigen Abschluss. Sie nennt sich «Bürgerin der Welt» und liebt alles Schöne. Um die eigene Neugierde zu stillen und aktiv zu bleiben, arbeitet sie an den Wochenenden und Nachmittagen, liest sie gerne klassische Romane in ihrer Freizeit und interessiert sich für jede Art der Kunst. Zukünftig würde sie gerne eine Arbeit ausüben, bei der sie sich repräsentiert fühlt und die es ihr ermöglicht, die Welt zu bereisen und so viel wie möglich zu lernen.

DUO LETTERARIO
Sahra Waßner
Francesca Possamai

Francesca Possamai (2004) è nata cresciuta nella piccola cittadina di Feltre. Attualmente frequenta l'istituto tecnico indirizzo AFM(amministrazione finanza e marketing) a Fiera di Primiero con l'intenzione di continuare gli studi in ambito economico. A scuola studia tedesco e inglese, con l'intenzione di migliorare ciò che ha già appreso, magari conseguendo una laurea bilingue. Si definisce una cittadina del mondo, amante di tutto ciò che di bello esso può offrire. Per saziare la sua instancabile necessità di stare attiva, lavora nei fine settimana e nei pomeriggi, riempiendo ogni minimo attimo di tempo libero leggendo principalmente classici e coltivando la sua passione per ogni forma d'arte. Le sue aspirazioni per il futuro sono quelle di riuscire a trovare un lavoro che la rappresenti e le consenta di vedere il mondo, imparando tutto ciò che le sarà possibile.

Sahra Waßner, è nata nel 2004 a Bonn e frequenta la quarta superiore presso l'Aloisiuskolleg, un liceo di Bonn. Ha una grande passione per le lingue che proviene dalle lezioni di tedesco. Parla, oltre alla sua lingua madre, l'inglese, ha un diploma di latino, ha una conoscenza base di francese e da due anni studia anche italiano. Le piace molto viaggiare e la sua attrazione per il paese e la cultura italiana nasce da un viaggio del 2019. Apprezza soprattutto l'ospitalità e il modo di vivere degli italiani. Nel tempo libero si dedica alla musica, suona il pianoforte e prende lezioni di canto. Inoltre, si impegna in diversi organismi scolastiche, tra l'altro è caporedattrice e direttrice editoriale del giornale scolastico che è uno dei migliori giornali scolastici della Germania, riuscendo a mettere in relazione diversi aspetti di suo interesse: in primo luogo la scrittura e in aggiunta le questioni socialmente critiche e politiche. In futuro, dopo il diploma nel 2023 vorrebbe studiare scienze della comunicazione.

LITERATUR DUO
Jette Hoos
Letizia Segarelli

Jette Hoos (2005) lebt zusammen mit ihrer Familie in Bad Salzuflen und besucht dort aktuell die 11. Klasse des Rudolph-Brandes-Gymnasiums. Dort lernt sie mit großer Freude seit der 8. Klasse Italienisch. Dank ihrer Italienischlehrerin entwickelte sie schnell ein großes Interesse an der Sprache und Kultur Italiens. Eines Tages möchte sie gerne fließend Italienisch sprechen können. Schon seit dem Kindergartenalter liest und schreibt sie leidenschaftlich gerne. Das Schreiben half ihr schon immer dabei, Gefühle und Gedanken auszudrücken und Erlebnisse zu verarbeiten – deshalb freut sie sich nun umso mehr, an diesem Projekt teilzunehmen.

Letizia Segarelli (2005), ist in Rom geboren und wuchs in Sutri, einem kleinen Dorf in der Nähe von Viterbo auf. Sie ist Schülerin an dem fremdsprachigen Gymnasium Mariano Buratti in Viterbo. Sie studiert Fremdsprachen (Englisch, Französisch und Deutsch) mit großer Leidenschaft und Hingabe, insbesondere um ihren Traum vom Reisen in Europa verwirklichen zu können, aber auch wegen ihres Interesses an italienischer und ausländischer Literatur. Sie hat sich schon immer für Lesen und Schreiben interessiert, eine der vielen kreativen Aktivitäten, die ihre Freizeit einnehmen, neben Zeichnen, Musik und allem, mit dem sie ihrer Fantasie Ausdruck verleihen kann. Neben internationalen Reisen liebt sie es besonders, ihr wunderschönes Italien zu bereisen und sich von seinen Naturlandschaften inspirieren zu lassen. Sie weiß noch nicht genau, was ihre Wünsche für die Zukunft sind, aber sie möchte sicherlich, ihre beiden größten Leidenschaften die Fremdsprachen und die Einheit von Kunst und Natur, sowie die Literatur, vereinen, um Kultur zu verbreiten und die Schönheit unserer Erde zur Geltung zu bringen.

DUO LETTERARIO
Jette Hoos
Letizia Segarelli

Letizia Segarelli (2005), nata a Roma e cresciuta a Sutri, una piccola cittadina al confine della provincia di Viterbo, è una studentessa di indirizzo linguistico al liceo ginnasio Mariano Buratti di Viterbo. Studia le lingue straniere (inglese, francese e tedesco) con grande passione e dedizione, soprattutto per poter realizzare il suo sogno di viaggiare in Europa, oltre che per il suo interesse verso la letteratura italiana e straniera. Si è, infatti, sempre interessata alla lettura e alla scrittura, una delle tante attività creative che occupano il suo tempo libero, accanto a disegno, musica e tutto ciò che può esprimere l'immaginazione. Lei, oltre ai viaggi internazionali, ama particolarmente visitare la sua Bella Italia e prendere ispirazione dai meravigliosi paesaggi di tutta la penisola. Non sa ancora quali siano di preciso le sue aspirazioni future, ma di certo spera di poter unire le sue passioni più grandi, per le lingue straniere e per le unicità artistiche e naturali, oltre che per la letteratura, al fine di diffondere cultura e di valorizzare le bellezze della nostra Terra.

Jette Hoos (*2005) vive con la sua famiglia a Bad Salzuflen e lì frequenta il Rudolph-Brandes-Gymnasium. Impara l'italiano con grande gioia fin dalla terza media. Grazie al suo insegnante di italiano, ha sviluppato rapidamente un vivo interesse per la lingua e la cultura italiana. Un giorno le piacerebbe poter parlare correntemente l'italiano. È appassionata di lettura e scrittura fin dall'asilo. La scrittura l'ha sempre aiutata a esprimere sentimenti e pensieri e a elaborare esperienze - ecco perché ora è ancora più entusiasta di prendere parte a questo progetto

LITERATUR DUO
Maja Lorenzmeier
Jan D'Orsi

Maja Lorenzmeier wurde 2007 in Herford geboren und geht zurzeit in die 9. Klasse des Rudolph-Brandes-Gymnasiums in Bad Salzuflen. Dort lernt sie seit der 8. Klasse gerne Italienisch und in ihrer Freizeit spielt sie Geige und Klavier. Aber auch das Lesen begeisterte sie schon früh und um ihre eigene Fantasie und ihre Gedanken festzuhalten, beschloss sie letzten Herbst mit dem Schreiben anzufangen. Ihre Geschichten wurden allerdings nie fertig, da sie immer wieder eine neue anfing zu schreiben. Umso stolzer ist sie nun, mit ihrer ersten fertigen Geschichte an dem «Literatur-DUO-letterario 2022» teilnehmen zu dürfen.

Jan D'Orsi, geboren am 28. Februar 2008, lebt in Süditalien in Avellino. Seine Mutter ist Deutsche und sein Vater Italiener und er hat einen älteren Bruder. Er spricht sowohl Italienisch als auch Deutsch und sieht sich als Europäer und nicht nur als Italiener oder Deutscher. Er besucht die internationale Klasse des «Liceo scientifico statale Pasquale Stanislao Mancini». Seine Hauptfächer sind Naturwissenschaften, Deutsch und Englisch. Er liest gerne italienische und deutsche Literatur, fährt gern Ski und spielt in einer Fußballmannschaft. Seine Großeltern leben in Deutschland und jedes Jahr besucht er sie. Er reist gerne und lernt gerne neue Orte kennen.

DUO LETTERARIO
Maja Lorenzmeier
Jan D'Orsi

Jan D'Orsi, nato il 28 febbraio del 2008, vive nel Sud Italia ad Avellino. Sua madre è Tedesca e suo padre Italiano, ha un fratello maggiore. Parla entrambe le lingue, sia l'Italiano che il Tedesco. Si sente un cittadino Europeo e non di una singola Nazione. Frequenta il Liceo Scientifico Statale Pasquale Stanislao Mancini nella sezione internazionale. Studia tedesco e inglese oltre al programma di un normale liceo scientifico. Gli piace leggere si letteratura italiana che tedesca, sciare e gioca a calcetto in una squadra. I suoi nonni vivono in Germania e ogni anno in estate va a trovarli approfittandone per visitare qualche posto nuovo, gli piace viaggiare in generale e scoprire posti nuovi.

Maja Lorenzmeier è nata a Herford nel 2007 e attualmente frequenta la 9° classe del liceo Rudolph-Brandes a Bad Salzuflen. A lei piace imparare l'italiano dall' 8° classe (la terza superiore) e nel tempo libero suona il violino ed il pianoforte. Ma è stata anche entusiasta della lettura fin da piccola e per catturare la propria immaginazione e i propri pensieri, l'autunno scorso ha deciso di cominciare a scrivere. Tuttavia, le sue storie non finivano mai perché iniziava sempre a scriverne una nuova. Ora è ancora più orgogliosa di poter partecipare al «Literatur-DUO-letterario 2022» con la sua prima storia finita.

LITERATUR DUO
Nora Antonic
Benedetto Viezzi

Nora Antonic (2007) hat sich schon immer für das Schreiben interessiert, seit ihre Schwester ihr mit acht Jahren gezeigt hat, wie man einen Roman plottet. Aus diesem sollte vorerst nichts werden, aber seitdem kann sie ihre Gedanken nicht vom Schreiben lassen. Sie veröffentlichte bereits einige Kurzgeschichten und Gedichte und ist immer noch leidenschaftlich gerne am Schreiben.

In ihrer Heimatstadt Mannheim besucht sie das Liselotte Gymnasium, wo sie auch in der italienischen Sprache unterrichtet wird. Ihr Großvater ist Kroate, weshalb sie in ihrer Ferienzeit die Tage immer an der schönen blauen Adria verbringt, umgeben von dem Geruch der Pinienwälder, des Lavendels, der zahlreich blüht und dem frischen Salzwassergeruch. Dort lebt und schreibt sie am liebsten.

Benedetto Viezzi wurde am 13. September 2005 in Tolmezzo in der Provinz Udine geboren und besucht die europäische Schule l'Educandato Statale Uccellis in Udine. Schon früh entwickelte er seine größten Leidenschaften: das Schreiben und Lesen. In seiner Freizeit schreibt er gerne Geschichten und liest Bücher. Vor allem historische Essays liegen ihm sehr am Herzen, in denen er Inspiration für seine zahlreichen Geschichten und Ideen findet. Sein größter Traum ist es, Schriftsteller zu werden, ein Beruf, der ihm die Möglichkeit gibt, frei zu reisen, eine weitere Aktivität, die Benedetto liebt. In diesem Zusammenhang bereitet er sich auf ein einmonatiges Praktikum in Deutschland vor, wo er die örtliche Schule besuchen wird und sich einige Städte ansehen wird. In Zukunft will er Philosophie und Geschichte studieren und ein eigenes Buch veröffentlichen.

DUO LETTERARIO
Nora Antonic
Benedetto Viezzi

Benedetto Viezzi, nato a Tolmezzo, in provincia di Udine, il 13 settembre 2005, Benedetto Viezzi frequenta un classico europeo, l'Educandato Statale Uccellis, a Udine. Fin da piccolo ha coltivato le sue principali passioni: la scrittura e la lettura. Nel tempo libero infatti è solito scribacchiare racconti e divorare libri. In particolare, ama molto i saggi storici, in cui trova spunto per le sue numerose trame. Il suo sogno più grande è diventare uno scrittore, occupazione che gli darebbe la possibilità di viaggiare liberamente, altra attività che Benedetto ama. A tal proposito, si sta preparando per un'esperienza di un mese in Germania, dove frequenterà la scuola locale e visiterà le città principali. Nel futuro, ha in progetto di studiare filosofia e storia e pubblicare un libro tutto suo.

Nora Antonic (2007) ha sempre avuto interesse per la scrittura, da quando sua sorella le ha mostrato come si trama un romanzo all'età di otto anni. Per il momento non se ne fece nulla, ma da allora non riesce a non pensare alla scrittura. Ha già pubblicato diversi racconti e poesie e continua ad appassionarsi alla scrittura.

Nella sua città natale di Mannheim, frequenta il Liselotte Gymnasium, dove le viene insegnata anche la lingua italiana. Suo nonno è croato, ed è per questo che trascorre sempre i giorni di vacanze sul bellissimo mare Adriatico blu, circondata dal profumo delle pinete, dalla lavanda che fiorisce in abbondanza e all'odore fresco dell'acqua salata. È lì che le piace di più vivere e scrivere.

DIE HEIMANN-STIFTUNG

Im Jahr 2015 haben die Eheleute Archim und Gerda Heimann die «Heimann-Stiftung für Völkerverständigung» mit Sitz in Wiesloch gegründet.

Die Stiftung fördert die Völkerverständigung zwischen Deutschland und Italien.

Im Mittelpunkt der Stiftung stehen junge Menschen und deren kulturelle Förderung zu verantwortungsbereiten und weltoffenen Persönlichkeiten.

Wir leben in einer Zeit großer gesellschaftlicher Veränderungen, die das Zusammenleben der Menschen unterschiedlicher Kulturen berühren. Es wird immer wichtiger zu lernen, andere Völker nicht nur nach deren äußeren Merkmalen und dem Lebensstil zu beurteilen, sondern auch ihre Kultur, ihre Haltung, ihr Verhalten zu verstehen und anzuerkennen. Wenn sich die Nationen verstehen, können Konflikte vermieden und Versöhnung und Frieden geschaffen werden.

Um diese Zukunft zu gestalten ist es vor allen Dingen wichtig, dass die Jugend mit einer internationalen und interkulturellen Lebenserfahrung aufwächst.

LA FONDAZIONE HEIMANN

Nel 2015 la coppia Archim e Gerda Heimann ha istituito la «Fondazione Heimann per la comprensione fra i popoli» con sede a Wiesloch.

La fondazione promuove la comprensione fra la Germania e l'Italia.

Al centro dell'attenzione della fondazione ci sono i giovani ed il loro sviluppo culturale. Inoltre la fondazione promuove la formazione dei giovani affinché diventino persone cosmopolite e consapevoli delle proprie responsabilità.

Adesso viviamo in un'epoca con grandi cambiamenti sociali che influenzano la convivenza dei popoli. Diventa sempre più importante valutare gli altri popoli non solo in base alle caratteristiche esterne e allo stile di vita ma anche rispettare e comprendere la loro cultura, il loro atteggiamento e il loro comportamento. Se le nazioni si accettano i conflitti potrebbero essere evitati e la pace sarebbe mantenuta.

Per formare il nostro futuro assieme è soprattutto importante che già i giovani possano raccogliere esperienze di vita internazionali e interculturali.